山鸟暮过庭

李万华 著
li wan hua

人民东方出版传媒
東方出版社

水花寒落岸，山鸟暮过庭。

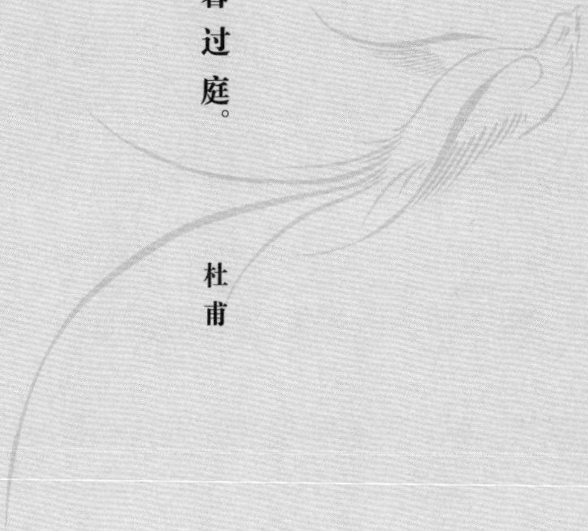

杜甫

自序

我将2018年和2019年的一小半时间荒废在看鸟上。看，而非观。看，是因为自己混身其间，与鸟不存在距离；观，是将自己置于一旁，带些审视意味。混身相当于等同，我因此在山野密林或堤岸水畔察觉一些鸟的喜怒哀乐，这自然是微茫的，因为我并非鸟本身。我看鸟，没有明确目标，也不给自己追加某种义务。到哪里，看到一只什么鸟，全靠偶然。过程因此轻松随意，在别人看来，甚至是无所事事。即便如此随心所欲，许多时候，还是能走进鸟的世界，并因此得知，这脆弱的鸟的世界，并非平行于我们的世界，也没有与我们背道而驰。这是一个与我们共存的世界，是我们淳朴寂然的邻居，它们以自己的小来衬托我们的大，以自己的短暂来衬托我们的久远。

我将跑出去看它们的一些琐碎记录下来，记录我与它们照面的一瞬间。这种记录也掺加一些往日记忆——我的记忆中，总有一些鸟飞身而去。其实我也明白，相对于它们的钟灵毓秀，我的这种记录多么拙劣。但我用心良善，而所能做到的，也只是如此，因而心安。

2018年冬至日前后，在广州白云山和越秀山看鸟。南方的鸟，即便隆冬，食物依旧丰盛，而高原上的鸟，就不一样了。在山上，有那么几个时刻，我居然想念高原上那些在荒野中求生的鸟：雪将大地覆盖，植物枯去，虫子遁形……它们以何果腹？是否度日如年？是否因此死去等不到另一个春天？

那一时我明白，过去的时日，当我独自行走，我所遇见的那些鸟，已经成了我的朋友。这也是这本书的意义所在。

以鸟鸣春。

2020年元月21日

于西宁

之一

—山鸟暮过庭—

维鹊有巢，维鸠居之。

大山雀

2018年2月13日

喜鹊有一副破锣嗓子，原是不该炫耀的事，可喜鹊偏不知掩饰这自身的短处，非要站在枝柯上大声叫，并且一板一眼，极认真，唯恐天下不知。喜鹊又黏人，整天赖在人的屋宇旁。很显然，人是摆脱不掉喜鹊的破锣嗓子了，于是人们说，喜上眉梢，明显地自欺欺人。从网上找来大山雀鸣叫的视频，发现有时候它也有一副破锣嗓子，只是锣面小一些，音域窄，加上吐字速度快，隔着屏幕听，像是饿极了的喜鹊雏儿要饭吃。

不过我平时听到的大山雀鸣叫，都清丽纤细，虽不能与小云雀媲美，但也逊色不到哪里。大山雀容貌灵秀，黑脑袋，白脸颊，头顶的黑向脖子两侧延伸，像极了一顶黑色飞行帽。圆鼓鼓的肚皮上一条黑色纵带，与脖颈上的黑羽相连，仿佛穿了一条肥大的黑色背带裤。背带裤之外，又披一件黄绿色外衣，肩上一点高级灰，纯粹像一位矮胖的军官。

读一段资料，说，如果将捉来的大山雀关进笼子，大山雀要么刚烈地死去，要么做出疯狂举止。比如笼中恰好有一只弱小的其他鸟雀，大山雀便会用自己的喙将其啄死，然后站在死去鸟儿的身体上，敲开它的脑袋，吮吸脑浆。我在山林里走，大山雀时常从眼前的树枝上飞过，或者倒挂在杨树稠密的叶子间找虫子，从没感受过它的暴躁。鸟儿注定属于天空，是风之子，用笼子养鸟的人，不过是养些自以为是。

丁酉腊月二十八，阴晦多日的天终于放晴，从二十六楼的窗户看去，阳光洒在远远近近的屋顶上，摊开的小米一样。感觉气温有所升高，便大着胆子去院中散步。然而腊月到底是冰封的，阳光不过是一种单纯的色彩。花圃里，月季还残留一些枯去的旧年花苞，蒙尘的鼠尾草被风刮成杂乱一团。新砌的花园里为何要种些鼠尾草呢？是因为鼠尾草的种子买起来比较便宜，还是鼠尾草好养活，还是鼠尾草开出花来，有点像薰衣草？去年，保洁人员刚刚撒下种子的时候，我满怀期待，不知那里将会长出什么植物，是萱草鸢尾之属，还是石竹蜀葵之类。后来萌芽，以为是菊花。菊花也好呀，“百草摧时始起花”，结果连菊花都不是，只是一片不起眼的鼠尾草。

花圃旁的草丛里，两只大山雀正在嬉戏。远远看去，只是两小团蹦蹦跳跳的灰雾，背部的绿色斑纹几乎看不出来，应该是大山雀的一个亚种。说大山雀有三十多个亚种，比龙生九子还厉害，我不是鸟类学家，自然分辨不出是哪一种。两只大山雀一边跳一边鸣叫，声音柔媚，吐字清晰，碧纱滤过一样。大山雀胆子大，不怕人，而且好奇心重，我放开手脚朝它俩走。到依稀能看清它们肚子上的黑纹时，两个家伙警惕起来，歪着脑袋伫立不动。因为是在属于我的院子里，我便停下脚步，微笑，以礼相待。然而它俩还是羞涩起来，一拍翅膀，波纹似的起伏着，飞到远一些的树枝上。

我一遇植物和小动物便开心。一次在人行道上走，见一只贵宾小狗自远处朝我狂奔而来，仿佛久别重逢。急速思忖贵宾小狗到我跟前会做什么：猫一样蹭我的腿，跳起来四肢扑向我，还是围着我一边嗅一边转圈？若果真如此，我该怎样反应？未及想出答案，贵宾小狗已到我跟前，紧急刹住，看我一眼，然后，一转身，在我身旁一步外的杨树跟前翘起它的一条后腿。

那件事给我一点启示：我喜欢的，未必喜欢我。这道理浅显到我在学生时代就已明白，然而屡屡忘记。

飞到榆树丛的一对大山雀间关嗍啾，如影随形，很是亲密。一只始终在地面跳来跳去，另一只，则始终在离地面不远的榆树上，啄木鸟一样敲树枝。大山雀是只吃虫子的，至于小果子、松仁之类，则难以下咽。据说大山雀的繁殖也与虫子有关，如果某一年虫子多，大山雀就会大量繁殖，如果某年虫子少，出生的大山雀都是独生子女。这样挑食的大山雀，如果在南方，生活自然优渥，但是在北方，冬天的树皮之下，还有虫子吗？

大山雀平时喜欢群居，甚至会和其他山雀混居，嘻嘻哈哈，不分你我，只有春天繁殖期才会成双成对。查日历，农历虽在腊月，阳历却已是二月中旬了。

我以前说过，春天的消息，没有一个比云飞来得更早，现在觉得还是老话恰当：以鸟鸣春。要记住，鸟是先知。

喜鹊

2018年3月5日

连续几个下午，我坐在广场的木头椅子上看一对喜鹊夫妇筑巢。三月初的高原，草木一如深冬，萧瑟冷寂，虽然枝条有些柔韧，但依旧让人感觉春之望遥遥无期。如果阳光好，风偶尔会带来些远方河水的消息，尽管稍纵即逝。毗邻的两株国槐在广场边上，风紧起时，会有枯萎的残枝坠下，仿佛白云之上另有一番打斗，冷兵器纷纷掉落。风再大，树冠上筑巢的喜鹊依旧勤勤恳恳，不愿荒废时日。大约是第一次筑巢，喜鹊夫妇缺乏经验。它们在第一株槐树上筑巢之后，又废弃不用，飞到另一株树上再筑。第一个巢穴显然比第二个要逼仄，形貌欠佳，看上去也不稳固。第二个宽敞许多，样子带些审美的自觉意识。也有可能是，第一个巢穴为其他喜鹊废弃，现在它俩飞来，与一个搬走的家庭比邻。最初我看见它俩时，其中一只正费力从第一个巢穴中拽一根枝条出来，搬到自己的巢穴中去，像极了梁上君子。

浑然不觉，不说话，不分神，不左顾右盼，喜鹊只埋首自己眼前的事情中，持久，有耐心。两只喜鹊有明确分工：一只负责捡拾草坪上的枯枝，捡一枝，衔了，钻过树冠空隙，围绕巢穴，找到合适地方，铺上枝条。另一只负责从树冠上就近折些枝条。树冠上的枝条，毕竟要柔韧很多，不能轻易折断，喜鹊便使出各种方式，拉、折、弯、啄。喜鹊用喙，仿佛我们用双手，方式大抵还是相似。因为用力过猛，当喜鹊啄断枝条时，会在瞬间失去平衡，其动作跟我们一样，前扑后跌，使人不免担心。不过喜鹊的耐心更持久一些，我看它拉扯一根枝条，直到折断，用了近五分钟时间，若是我，早放弃了，我才不会将精力花费在试图与我抗衡的小事情上。

记得一本古书上说，喜鹊筑巢，找树枝时，绝不取堕地的树枝。这说法显然不对，眼前这只喜鹊便是证明。书上又说：鹊上梁，必贵。我仰头多时，一直无法肯定，这两只喜鹊是否正在上梁。

人之所以疲累，无法静谧安宁，原是念头太多。一念起，一念灭，念念不断。人始终被念头抛来掷去，如置身风头浪尖。何谓禅，禅师说，前念既灭，后念未起，其间片刻，是为禅。科学家研究猫猫狗狗，说它们的智商相当于人类两三岁的孩童。较之成人，两三岁孩童生起的念头，总归要少许多，那么喜鹊，念头应该更少……当我长时间坐在凳子上，看着它俩，如此胡思乱想时，我觉得比起我，它俩过着更为禅意的生活。

也有例外，那时，它俩的巢穴即将竣工，看上去，大厦巍然，尽管建筑风格狂放不羁，一如安妮·普鲁的小说。夫妇俩偶有懈怠，会抽空到树下草坪玩闹。草坪依旧枯黄，但某种柔软自草根透出，仿佛马匹丰腴的肚腹。我依旧坐在椅子上看它俩，因为一旦我靠近草坪驻足，它俩便会警惕起来，准备随时逃离。它俩从没打扰过我的生活，平心而论，我也不该去打扰它俩。那个春天，我便以一个旁观者的角色，看它俩快乐地生活。

那份快乐一览无余地表现在它们的行动上。它们起飞，打开的翅膀，一半黑色，翼肩一带又杂白斑，加之双翅的振动，看上去，仿佛在自己的背部装了一架精致的黑白色螺旋桨。当它们落地，除去笨拙的前扑式，还惯用垂直落地式，仿佛那架袖珍的黑白色直升机又在垂直降落。当它俩在草坪中央散步，常常背着手，摇摇晃晃，大佬风范。当它俩交谈，便放开嗓门，喳喳喳，直白爽快，从不委婉啰唆……它俩从不像抑郁质的人那样优柔寡断。

我的性格中有黏液质的特征，又有些抑郁质的特征，因而我喜欢与多血质和胆汁质的人在一起。我喜欢在他们的愉悦中，反观自己的安稳。人大约都一样，凡是自身没有的，都觉得它宝贵，凡是自身拥有的，却觉不出什么好。

有一次，我写一段绕口令似的文字，试图阐释快乐的多样性：独自快乐不同于给他人快乐，与他人一起快乐不同于给他人快乐而自己不快乐。快乐的基础是透明，是纯粹到一定程度的简单，是无所求。快乐也有不同层次，如同金字塔那般。在人的世界，喜鹊的快乐是利他行为，从这层意义上说，喜鹊有一颗佛陀的心。

可是一位鸟类专家说，给鸟的行为妄加主观解释的做法极具风险。风险？鸟都不管，我还管它做什么？我只要看到鸟快乐时我也快乐就已足够。

树麻雀

2018 年 3 月 9 日

西宁市乐家湾广场上，曾经定居过一群树麻雀，它们的家是聚在一起的五棵黄刺玫树。春夏时节，刺玫花叶交错，茂盛成团，还可一观。冬季叶子掉尽，稀疏枝杈裸露出来，树丛内外一片通透，风长驱直入，萧瑟寂寥。很长时间内，树麻雀居住在那里，从不外出。它们的活动范围除去枝杈，便是树下直径为两米左右的草坪。它们偶尔也跳到两米之外的地方觅食，但始终来去匆匆。枝繁叶茂时，单听见树丛内叽叽喳喳，感觉它们在颐养天年，无须挂牵。然而在漫长冬季，每次都看见它们蹲踞在清冷的枝杈上，仿佛旧年结出的几枚果实，未及掉落，颜色已被风雨洗涤成灰褐，而且还将继续经受风雪考验。

通常在一米开外，就能听见它们吵闹。它们的声音属于啼叫，而非鸣啭，是鸟鸣中的下里巴人，不好听。仿佛被指挥，那些叫声总是群起群没，蝉鸣一般。我以为它们吵闹时专心于吵闹，不做其他事情。多次偷窥，发现它们一边啼叫一边还是忙些其他事情：抖动翅膀，梳理羽毛，在枝头跳来跳去，或者歪着脑袋，东瞅西瞧。

既如此，那么它们沉寂时总该要埋头睡一会儿，或者假寐吧？但我发现，它们静默时，还是忙着同样事情。

太阳好时，它们会蹲在朝阳的枝杈上，像苇岸笔下裹着羊皮袄晒太阳的马夫。风大起来，它们便挪到树丛中间。如果觅食，它们跳到树下。树下草坪上，它们活动的地方已经成为一个圆圈，起先我以为是它们踩踏频繁的缘故，后来发现，那是因为它们啄食那些枯去的草茎，以至于圆圈内的草已经遮蔽不住土壤，土粒暴露出来，成为光秃秃的醒目大圆。

写《飞鸟记》的朗贝尔说，树麻雀通常在树洞中筑巢，衔几枚稻草铺在里面，有时几家共用一个巢穴，挨挨挤挤，养儿育女。广场上的那几株黄刺玫栽植时间不长，枝干纤细，不足以开凿树洞。现在春天已经到来，远处的树木上，喜鹊已在搭建巢穴，不知这群树麻雀怎么打算，有时我替它们着急。

我偶尔也对它们的未来表示担忧。它们生活在城市的这一小片广场上，如在囹圄一般，没有任何隐私可谈，更没有安全可以保障，流浪猫时常出没，调皮的孩子也有，有时有野蛮家族的入侵。它们的啼叫混在市声之中，成为嘈杂的一部分，它们得时刻谨小慎微，一点风吹草动都需仓皇四顾。它们不能飞去更远的地方，城市越来越大，田地如同神话那般逐渐消失。

距离广场不远，是一座杂木交错的小山，那已经是第二个春天。那个春天，定居在广场上的树麻雀突然消失不见，不知它们去了哪里，生死未卜。上山的小路两旁，栽植高大的国槐和青杨，还有连翘与紫丁香。连翘与紫丁香尚未绽放，芽苞顶出的速度过于缓慢，仿佛幼童在生出他们的第一枚齿尖。有一次，我从树下经过，听见两只树麻雀在头顶唱着情歌。

一只藏在稍远的树林中，看不见身影，未出阁的少女那样，另一只站在我头顶的树梢上。尽管是晴天，阳光却漫不经心，仰头去看，麻雀的身影在发白的光线中是膨大的一团，略微能辨出白脸颊上的黑斑，那是它俏皮的证明。麻雀居然会这样深情地对唱，让人有些不好意思。自小就熟悉的麻雀从来不是这样，它们只会大合唱，只会直白地叫嚷，只会你方唱罢我登场。走过去，躲在树下，枝上的麻雀并未发现。它高歌一阵，返身跳进一个小树洞，然后钻出，歌唱。如此反复，似乎在对那位害羞的新娘说：看呀，快看，我有一个温馨的家，来，来，来，跟我回家。

原来它们对生活早有打算。

山噪鹛

2018年3月10日

这个春天令人愉快的事情是，只要在意，每天都能遇见山噪鹛。

有一次在人来人往的广场见到山噪鹛。于城市的广场遇见山噪鹛，而非山林，有点不可思议。我沿广场外侧的人行道走，没戴耳机，自然听见麻雀们在旁边的槐树枝子上大叫。槐树长得不高，树下一道地锦，藤蔓纵横，有些直接缠到槐树枝上去。繁密地锦又被一道黑铁栅栏围住，这样，广场外侧便是一道厚实的植物围墙。现在是三月，一些花灌木的枝子上虽然挤出了芽苞，胖乎乎地蹲着，杨树也开始有柔荑花序蠕动，但草木终归是荒芜的，槐树尤其如此，看上去依旧长梦不醒。麻雀们叫得过于兴奋，喝醉了酒一样，阳光又好，于是我停下来坐在木头椅子上看麻雀。

原来是一只山噪鹛混进麻雀群中。麻雀们仿佛家中来了亲戚，又害怕又开心，人来疯一般地闹。

身着暗褐色衣服的山噪鹛只有嘴巴是醒目的，洁净的亮黄色。它的尾巴细长，与身子不协调。如果尾巴再短一点，整只鸟就会胖起来。矮胖的鸟给人诚实憨厚的感觉，也显得丰衣足食，有细长尾巴的鸟，多少带些仙气，来去飘忽，时刻都有飞升的可能。

山噪鹛不理会那些议论纷纷的麻雀。它在那里，仿佛居于自家厅室，若无其事，不过它的注意力在一只猫身上。一只毛色为黑棕条纹的小猫在地锦丛中穿行，它在找寻什么，这边嗅嗅，那面看看，并不知道自己头顶的树枝上，有一只大鸟正上帝一般将其审视。后来，小花猫慢慢朝远处走去，山噪鹛便在树枝上跳跃着，跟过去。

山噪鹛自然是不吃花猫的，麻雀们自然也不吃山噪鹛。那一时让我触动的，倒不是它们彼此之间的好奇与警惕，而是它们身体上色彩的高度一致性：棕褐色的树枝上，蹲着棕褐色的麻雀，麻雀群中钻入深褐色的山噪鹛，棕褐色的地锦丛中，行进着黑褐色花纹的猫……仿佛一个画画的孩子，他的颜料盒中只有棕色与褐色。只是这两种色彩始终有些年久日深的从容，以及甘于衰败的淡然，与孩童的明朗单纯不般配。

过几天去登山，经过几棵油松，见到树下杂草丛中，一只山噪鹛正打开尾巴，抖动翅膀，又跳又唱。说唱其实有些不恰当，山噪鹛若唱起歌来，字正腔圆，异常婉转。此刻它应该在给谁大声表白，着急的样子，唯恐对方听不明白。可我一听便明白了。环视四周，除去阳光中的树木，以及刚刚染上嫩绿的野草，再不见另一只山噪鹛的影子。莫非山噪鹛在给春天表白？当然不是。我便退到一边，静等另一个声音响起。然而响起的，只是啄木鸟敲树干的声音，是喜鹊自头顶飞过的声音，是大山雀在杨树深处的吱吱声。

原来是一位孤独的表演大师。

五年前，当我还在小镇谋生时，有一次和家人从花鸟市场买了一只小山噪鹛，带到远处山林去还它自由。我记得那只山噪鹛小小的，显得营养不良，它蜷缩在鸟笼中，始终一副惊怯模样。将它放在灌丛一处开阔的地面上，它静立片刻，然后摇摇晃晃走进一处高草丛中。

之后我曾一次次回忆，每一次都无法确定自己的做法是对还是错。买来放飞的山噪鹛或许很快就会被流浪猫之类吃掉，因为它缺乏在大自然中独自生活的能力。它已是熟悉牢笼生活的鸟，在笼中，它衣食无忧，只要某一天能开口高唱，唱什么都行，人们自然听不懂它在说什么。但如果一直在牢笼中，长此以往，它会不会觉得生不如死？

文须雀

2019年3月16日

元月十日，午后，西风凛冽，我裹了厚棉袄，去河畔散步。途中遇到一位专门拍文须雀的摄影爱好者，他表示对其他鸟没有兴趣。当我追逐一只水鹨时，他问那是什么鸟，还再三申明不喜欢，嫌它不好看。哪种鸟好看，哪种鸟不好看，我想问一下，天冷，嫌麻烦，没开口。在我看来，每种鸟都好看，都萌，都有其他鸟不具有的精妙。水鹨的羽色与麻雀差不多，灰扑扑，全身上下没一处亮丽，它的尾巴又如白鹡鸰那般神经质地上下抖动，它很少放声歌唱，只在滩涂沙渚上来去觅食，偶尔为领地和食物与同类争吵，像一个已被生活磨蚀的中年妇女。但是水鹨之外，天地间再找不出一只与水鹨完全相同的鸟，它是这世间的独一无二。

那日天空阴沉，芦苇茎秆上的麻雀结成团队，忽而东忽而西，大厦将倾一般，不知何意。那位摄影爱好者东行西走，过一阵忽然指着芦苇丛让我看文须雀。等我过去，除去芦苇摇曳，哪里还有鸟影。我自然不肯靠近一个叶公，看他拍下的照片，那一日便与文须雀失之交臂。

然而世间眼看着错失的，又何止一只文须雀。

至三月，再去河畔，见到栖息的渔鸥已经离去。已到安身立命的关键时刻，它们该去鱼群更为密集的地方，为子孙后代筹谋。河面只剩下绿头鸭和红头潜鸭。绿头鸭自然青梅涩涩竹马沙沙，红头潜鸭却寥落孑孑，全是荷叶生时春恨生的哀愁。到底是春天了，这些季候的先知终究按捺不住兴奋，水面上因此不时传出含义明确的“嘎嘎”声。有些绿头鸭摇摇晃晃比翼而起，绕芦苇丛飞一圈，又落到水面，大约是小夫妻旅行结婚。河岸边的树林中，大山雀的叫声已发生变化，再不是夏秋冬三季的“吱吱”声。现在它们将音调提高，音节增加，音韵袅娜婉转，该是说着山无陵、江水为竭之类的情话。攀树干的大斑啄木鸟，也忙中偷闲，絮语不断。

芦苇依旧冬日模样，风硬，吹过时，“瑟瑟”声直来直去。偶尔几茎苇秆挑一些荻花在风中抖动，更多的芦苇，东倒西歪，彼此覆盖，水葱和东方香蒲凌乱不堪。沿芦苇丛前行，听到几声琴弦绷断似的声音，断定鸟儿就在附近，驻足凝神，却什么鸟都看不见。藏着掖着原不是鸟的本性，它们只是习惯了机警。但是现在，我看见许多鸟已经学会躲躲藏藏，仿佛它们的存在，是一件见不得天日的事情。

离开芦苇一些距离，用望远镜细细搜索，终于在水面纵横的芦苇茎秆下，见到十几只文须雀。看惯了麻雀、长尾山雀、山噪鹛、乌鸦、喜鹊之类浑身的庄严凝重，现在见到色彩这般清新悦目的小雀，瞬间神清气爽，仿佛脚下的这方土地，再不是山寒水瘦大地一片枯黄的青藏高原，而是已挪身江南，周围一片莺声燕语。天虽然冷，文须雀们却其乐融融。这是一个群居的集体，或是一个家族也未可知。正是午后休憩时分，大部分文须雀在芦苇茎上嬉闹，一派岁月不需回首的及时行乐样，一只雄雀却忙着洗澡。我见它两次下水，先洗胸部，再洗腹部和尾部。当它出浴，甩水珠，梳理羽毛时，可以见到尾部的一道黑羽异常醒目。它脸颊上的黑髭纹自眼部锥形下垂，仿佛一个花脸，这加深了时光的沧桑感："宋王爷坐江山为君不正，谪贬俺雅志府为庶民……"然而它的眼神表明它涉世未深，也表明它并不会因为年龄而沉沦。那些雌鸟自然不留胡须，尾部又没黑羽，浑身浅灰与淡黄，纯粹一枚枚小清新。

翻遍记忆，与许多其他鸟一样，文须雀在我的记忆中也没有一席之地。没什么可奇怪的，文须雀原是古北界的鸟，青海应该常见，不过文须雀营巢需要与芦苇有关。芦苇丛中，或者靠近水面的芦苇下部，在那里，它们将自己隐藏起来，与大部分的世界隔绝开，偶尔在荻花和香蒲上玩杂技。在高原，芦苇不会随处生长，我常年生活的高寒山地，自然见不到文须雀。

不肯随意而安，鸟儿虽小，却有志气。“燕雀安知鸿鹄之志”，这一点，陈胜完全错了。

民间将文须雀叫龙凤鸟，找不到一个人询问其中原因。或许是因为文须雀始终雌雄相伴，龙凤呈祥那样。但此时，眼前这些群居一处的文须雀，却与龙与凤毫无关系，它们倒像古代穴居的先民，凡俗平实。

白眉林鸲

2019 年 3 月 19 日

傍晚时分，穿行山林，见一只棕胸岩鹨碎步小跑于枯叶上，发出“沙沙沙”的声音，仿佛一缕秋风拂过枯叶。一只麻雀那样大的鸟体重会有多少？小时候抓过麻雀，却不记得它们的轻重了，大约比一只乒乓球重不了多少。一些未曾飘落的枯叶在枝柯上，风过时，同样发出沙沙的声音。人在山林，时刻想的是鸟，身旁任何一点声音都会引起警觉。叶子在枝上一动，人便停下来，凝神谛听，这种行为在别人看来，一定怪异。好在此时再无我这样的闲人，任何妄为都不引人注目。大多时候，这片林中发出轻微声音的，都是长尾山雀、大山雀、林莺和红尾鸲。不过在寒冷冬天，红尾鸲远走他乡，林子只让山雀驻守，还有啄木鸟。啄木鸟喜欢发出大动静，“笃笃笃”，很远就能知道它在忙什么。至于喜鹊的喳喳和灰喜鹊明知故问的啊啊，完全可以忽略。

似乎有一年多没听见寒鸦孤唳。

有乌鸦的日子跟没有乌鸦的日子不一样，这自然与乌鸦的黑没有多少关系。以前在小镇生活，秋冬两季，日暮时分，大群乌鸦聚在天空，磨盘一般，反复旋转，然后慢慢移向远处山林。仰头看它们，尽管有某种天空下坠的压抑，但还是能看清它们前行的路径和突围的方向，它们从来不会困守一方。那时我大约也怀揣某种希望，希望未来不同于现在，然而那希求又没有具体形貌，说不出大概。现在离开小镇，见不到鸦群在天空暗云似的移动，那些微茫的希望却搁置下来，仿佛停摆的时针。停止有时是因为迷失，有时候是因为未来如纸张二维铺开，字里行间，一览无余，走近或者远离，都没有分明的变化发生。

白眉林鸲自然先以声音引起我注意。有点铃声大作的味道，似有要事发生，全体山林成员必得注意。我便坐在土坡上，仔细听。如果仔细辨别，还是能听出铃声里的轻松，以及一种未曾沾染尘埃的干净。铃声从高处下移，那是一排青杨树，后来声音停驻在树下一株水栒子上。水栒子没发芽，稀疏枝子一一可数。两只小鸟无处遁形，幕布上似的，露出身影。

两只雄鸟，背羽是我喜欢的青石蓝。青石蓝有更沉静的味道，不同于湖蓝和天空蓝。湖蓝有呼之欲出的随意，天空蓝只适宜出现在遥不可及的高空，青石蓝有未来之感，与历史无关。一只与历史无关的鸟，自然纯净，不黏滞。仿佛刚刚诞生，在东风中一睁眼，已是新芽破甲的春天。

除却青石蓝的背羽，醒目的还有两条白色长眉。弯弯柳叶眉，快要描到后颈。眉毛有提升脸部的作用，让下坠的脸颊和眼角飞起，使之灵动。白眉林鸲深谙这一妆容，这使它显得英气勃勃。

现在是春天，两只白眉林鸲做着春天应该做的事。它们垂下翅膀，不停地颤动，尾巴轻弹，然后转圈。转的圈不多，两三圈而已，大约怕晕。六月份，麻雀的雏出窝，跟妈妈来草地散步时，通常也是这副模样：耷拉翅膀，一边抖动翅膀，一边细声啼叫。麻雀雏绒羽蓬松，看上去比鸟妈妈胖许多，我每次见到，都要多看一会儿，觉得亲切温暖，是久违的故园情境。眼前这两只白眉林鸲已经长大，无娇可撒，它俩是在向雌鸟展现魅力。

搜寻附近树木，没看见一只雌鸟。或许雌鸟待嫁闺中，庭院深深，不愿露面。

跟其他鸟一样，白眉林鸲的雌鸟衣着朴素，大地色系，仿佛造物主当初染它的羽毛时便已叮嘱：只要孕育便好。雌鸟们因此稳重端庄，无须刻意装饰，只偶尔骄矜，保持王后风范。大约鸟们更好地保持了早先社会的一些传统，这使它们的社会更加稳定。

行走这片山林多时，四季景象已经熟悉，植物也认得十之八九，一些鸟出现，一些鸟消失，不再惊奇。去年的那只戴菊惊鸿一瞥，再不见昔日容颜，白腰拟蜡嘴雀也是。它们出现，然后离去，短暂的梦一样，再无重逢的可能。但有些鸟不同，金翅雀、戴胜、红尾鸲、大杜鹃，我始终相信，不是今年，就是明年，它们还会出现，这与候鸟留鸟的关系并不大，有时只是一种感觉。一些鸟是峨冠博带的古人，一些鸟是特立独行的现代派，一些鸟只愿成为这世间的隐者，惧负素志，策杖归来。白眉林鸲就是那归来者。

灰喜鹊

2018年3月21日

经常去散步的一座小山，山腰长了些灌木，有人来建几座凉亭水榭，起先还有几家供人休闲的园子，经营者在那里砌起矮墙，修建风格独特的房屋，搭起帐篷，栽植花木，用水泥石头筑成桌椅。后来园子被关，人们撤去，门窗拆走，院墙坍塌，成为废墟，荒草趁机而生，流浪猫和风时常出入。加之小山无人管理，登山的人随意穿行，草地灌丛被踩踏出许多小径，凉亭水榭油漆脱落，丢弃的塑料碎片时常挂在树木枝头，更有犬类随处大小便，看上去一派破败杂乱。

起初只在有行人的地方走，遇见不知品种的大狗，很远就躲开。每次去山上，不一定都有行人在——我去登山的时候，人们大多离去。偶尔有吹萨克斯的男子，只听得音符断断续续，不见人影。后来渐渐将散步路线拉偏，到一片行人不愿进入的杂木林中。杂木林野草横生，枝柯缠结，阳光不肯落地，时常让人想起《刺杀骑士团长》里的铃声。

出杂木林，沿红砖铺就的路往前走，拐个弯，会看见一面小池，应该也是早年砌就。奇怪的是，池里的水并不是死水，仿佛哪里有水源。水池一侧，碎石围起一片两百多平方米的松林，松下一些水泥圆桌，没有椅子。起初经过松林几次，都不曾进去：虽然松树尚幼，从远处看，还是显得阴森，并且那些水泥桌子，好些已被掀翻，七零八落，荒草没过，仿佛此处发生过什么凶杀大案，现在又有鬼魅居住。

那面水池是山上鸟雀喝水的唯一地方，每次经过，都有鸟雀飞到一边的树枝上等我远去。我一不喝生水，二不游泳，何必惊慌？每次弄得我很不好意思，匆匆逃离。

那是初春的一个早晨，灰蒙蒙的，老天仿佛蒙了一块纱巾，风有些冷。这种光线使得松林更加幽暗，决意进去看看。走近时，见许多灰喜鹊在林中嬉戏。说嬉戏，也不恰当，其实是无法确定灰喜鹊到底在松林里做什么。探头探脑，看到几只站在水泥圆桌上，跳来跳去，竞选一样。几只在地上来去踱步，偶尔低头，谋划什么。还有几只，毫无意义地，从这棵松树飞到另一棵松树。松树上大约还有一些吧，抬头，却只见松枝在空中纵横，一些灰色光线自缝隙漏下。灰喜鹊的叫声我已熟悉，“嘎—嘎—嘎”，带些孩子气。此时，它们一声不出，松林静悄悄的，让人觉得有什么阴谋正在进行。

松下厚厚一层松针，迈步时不想出声都不行。我想更靠近一些，看看它们的眼睛。我曾以此种方式观察过猫，以前还观察过羊和牛，尽管大多时候，它们的眼睛中除去警惕便是温顺，便是纯净，但一些简单的情绪波动还是会看出来。

它们最终嗖嗖嗖地飞出松林，依旧没出声。我连半只灰喜鹊的眼睛都没能看清，还被扔在原地，些许懊恼。

灰喜鹊为什么不像花喜鹊那样黏人呢。

童年时候，从没见过灰喜鹊，偶尔在书本中见到“灰喜鹊”一词，觉得大约也是常见的那种喜鹊，不过羽色不一样，不起眼的灰色罢了。但书中的灰喜鹊似乎又有着不可企及的美，我必得想象，必得了无边际而又茫然无措地想象。后来见到，果然如此，灵动的体形，黑脑袋，灰白色身子，淡蓝的翅膀和尾巴，尾尖上一抹白，总是跳来跳去。

鸟类学家说，世界上的灰喜鹊只分布在两个地方——亚洲，以及欧洲的伊比利亚半岛，而伊比利亚灰喜鹊是从亚洲灰喜鹊中分化出去的。亚洲的灰喜鹊怎样到伊比利亚半岛去，至今仍是谜，因为伊比利亚发现灰喜鹊化石是在四万年之前，而灰喜鹊并不能做长时间飞行。如果要分辨亚洲灰喜鹊和伊比利亚灰喜鹊，非常简单：亚洲灰喜鹊尾尖有白斑，伊比利亚灰喜鹊则没有。

过一天，再去松林看它们，却发现一只都没有，仿佛它们从未出现过。松林也并没有因此而更幽暗一些，或者因此而更明亮一些。

第三日又去，还是不见它们。下山的路上想，那群不出声的灰喜鹊，仿佛一些寒窗苦读的书生暂住庙宇，它们一贫如洗，身边却簇拥着意欲报恩的狐仙。现在，它们皇榜高中，春风得意，骑马去看长安花了。

苍鹭

2019 年 3 月 22 日

就鸟的气质而言，我更喜欢苍鹭的沉静。苍鹭长时间立于水畔芦苇丛中，风吹草偃，一概不动，这点与猫相似。猫性子高冷，若不愿理睬人时，静卧或行走，任讨好者百般巴结，它都视若不见。猫举止优雅，又好干净，养猫之人自愿将其奉为“主子”，各种伺候。苍鹭作为鸟，它的警惕性并不妨碍它入定似的站立半天，而且它从不慌乱，任何时候都显得胸有成竹。不过苍鹭与猫不同的是，它遗世独立，始终与人保持距离。

春分后一天，沿尚未返青的芦苇丛前行，小心翼翼，脚底不敢发出大的声音。前段时间在此处见到文须雀嬉戏，半月已经过去，不知它们是否还在。春气虽已滋生，但东风浩荡，树梢不时发出呼呼声响，仿佛深秋又要来临。芦苇丛的冰雪已经融化，阳光不好，水面没有粼光闪烁。走几步，见到几尾大鱼，仰面浮在水上，已经死去，不知何故。芦苇丛中央，是一带宽阔水域，以前常有一只孤独的大白鹭生活，偶有赤嘴潜鸭游来游去。一条栈道从堤岸向芦苇丛延伸，伸到一半，戛然悬止。我每次来，都要走到栈道尽头，于风中关注芦苇丛里的动静。

十几只苍鹭站在水域边缘的芦苇中，芦苇大多倒伏，这使苍鹭身形更为高大。有人站在栈道上用专业照相机拍苍鹭，我走过去，不出声，拿出自己的迷你望远镜看苍鹭。已经有很多鸟自南方归来，白骨顶鸡、中华秋沙鸭、针尾鸭、凤头鸊鷉，它们都在水面忙碌。看上去，苍鹭并不为食物犯愁，它们只是安静站立，一个姿势保持不动，眼睛始终望向远方。它们旁边，几只大白鹭起起落落。

前天我也来过这里，傍晚时分，见到许多渔鸥。春天的渔鸥，不肯好好捉鱼，就站在水中陆地上啊啊怪叫。嗓门大，音调高，音色倒不过分尖锐，渗一股阴冷气，若在夜晚听见，肯定以为是鬼在叫。前天还不见苍鹭，那么这些苍鹭一定是昨天飞来。昨天恰是春分。杜甫说：“迟日江山丽，春风花草香。”这自然是蜀地的春天，在高原，山青花燃，几乎要到立夏之后。但春分到底是一种标志，这一点鸟都明白。

退回原路，绕苇丛走半圈，一些野草已经发芽，都是熟悉的，却叫不出名字，单知道它们长什么叶，开什么花，结什么果。这种只依赖记忆存在的熟悉是轻松的，因为一旦忘却，一切皆可归咎于记忆而无须愧疚。走到栈道另一面，拨开荒草踏进去，又见到那几只仙风道骨的苍鹭，在苇丛中隐隐约约。

此时正是午后，阳光从远处山头罩下，一派迷蒙，仿佛烟岚初生。山脚横一带寒树，枝柯萧疏，近前是这茫茫苍苍的芦苇。隔得远，反而能看见芦苇丛中那一面水泛出的亮白光泽。借助望远镜一点点由高到低移动着看，想如果抹去山上那一座铁塔以及电线杆，眼前之景倒是一幅古画。赵幹的《江行初雪图》寒意足够，只是人多，董源的《潇湘图》色彩稍嫌富饶，那就倪瓒吧，苍鹭随便站在倪瓒画中的任何一角，都不会显得突兀。

跟多数水鸟一样，苍鹭休息时喜欢单腿站立。单腿站立的苍鹭，如果长羽被风刮起，又有些像麦田里的稻草人。它始终那样孤单站立，全不管风云暗去天际。

一直以为大个头的苍鹭饮食简单，无非吃点鱼虾之类。一次在网上见到一组图片，原来苍鹭觅食与猛禽没有多少差别：它会趁鸭妈妈分神，掠走雏鸭，捉住兔子，将其摔进水中溺死，然后整只吞下，还想偷袭小鳄鱼，后来似乎没得逞……这一切，颠覆了苍鹭抚孤松而盘桓的形象。其实仔细看，苍鹭的眼睛里并没有猛禽那凌厉之光，有的只是异乎寻常的冷静。

然而苍鹭飞起来的样子那般优美。那天，春分后一天，在我准备离开苇丛回去时，看见一只苍鹭飞起来。细长飘逸的羽冠，灰白黑三色羽毛，它的双腿成一直线，努力向后伸去，它的脖颈折成“Z”形。尽管我从没见过鹤唳长空的景致，但眼前苍鹭让我想起的，依旧是寒塘渡鹤影的孤冷凄清。

金眶鸻

2018年3月23日

“鸻”与“珩”应该没有多少关系。珩是横在一组佩玉最上面的玉器，半圆形，有点像磬，但小，所谓“有玱葱珩”。据说珩是用来节制佩玉者行步的，觉得有些荒谬。鸻仅仅是一种鸟类通称，《康熙字典》解释为“荒鸟”。有资料解释说鸻的名字源于拉丁文中表示“雨”的一个单词，原因可能是鸻有时会出现于一场大雨之后，或者，可能是因为某些鸻的体羽斑驳，仿佛被雨淋过。拉丁文我自然不懂，不过这解释我觉得更荒谬。鸻是一种长腿涉禽，活跃在水畔泽地，荒，长满野草的沼泽地，“鸻”作“荒鸟”讲，感觉才算妥帖。

金眶鸻，自然是这种小鸟有金色眼眶。仔细看，这金色真有画龙点睛之功效，使一双原本平淡无奇的眼睛充满神采。眼眶涂金抹银的，还有乌鸫、绣眼之类。乌鸫的金黄眼眶是因为它的眼珠呈金黄色，绣眼是因为眼圈长一圈白色绒毛，有一种红腹啄木鸟，下眼圈的白色绒毛仿佛绞过——任何一只看上去相似的鸟，其实绝不类同。

春分才过三日，金眶鸻便迫不及待地自南方归来。和它一起到来的，还有雨燕、白鹡鸰、苍鹭和黑翅长脚鹬。不知雨燕将巢安在什么地方，每日只见它们在东风中翻飞，忙碌于果腹大业，养儿育女的事似乎尚未想起。苍鹭是山水画里的高人，“抱琴归去碧山空，一路松声两鬓风”。白鹡鸰觅食在水中滩涂，一步三点头，尾巴比头点得还厉害。不过白鹡鸰不是抢眼的鸟，一般都是它的喋喋不休先引人注意。金眶鸻也在水中滩涂上，起初我将它看作白鹡鸰。它们个头相仿，身形相似，同样边走边觅食边发出重复单调的细弱声音。不过细观之下，两鸟又各有千秋。

白鹡鸰黑白两色相杂，胸前一块黑羽，仿佛系一个大领结，遗憾的是缺乏绅士风度。它的神经质动作，使它更像一个混迹街头，嘴咬火柴棍，双膝抖动的小混混。金眶鸻白色领圈加黑色项圈，明显的万千溺爱于一身。只是金眶鸻举止也不怎样优雅大方，它走路总是碎步小跑向前，然后突然停住，仿佛琴键雨点般一串急奏，然后一个意犹未尽的停顿。相似处是，它俩给人以始终年轻的模样，“遥怜小儿女，未解忆长安”，即使已经成年或者老去，看上去，还是青葱，仿佛年华尚未虚过。

金眶鸻的后趾退化，腿修长，水中走过，有涉江采芙蓉之感。金眶鸻的雏鸟长一双大脚，两条长腿与毛茸茸的小个子不成比例，不知什么原因，或许跟人类的孩子普遍头大类似。不过大脚并无大碍，当它自石间草际颤巍巍站起，眼睛半睁，黑色项圈未及佩戴时，那双大脚一点都不影响它的楚楚可怜与无辜呆萌。

我站在堤岸看白鹡鸰和金眶鸻，它俩无暇顾及我，彼此也不照面，只在水中滩涂上忙碌。这一块水中湿地并不大，绿头鸭和渔鸥栖息其上，还有几只野八哥。野八哥大多一侧翼尖有白斑，它们警惕，看见我走近，便拍翅离去。春天的河流，水势不大，声音却传出很远。岸边耧斗菜和金针已经萌芽，茅草也已萋萋。阳光温煦，时间安稳得似乎停止，并将继续停止，现实一步步向远处退去。

三十多年前，那也是春分之后不久，太阳已从南天空回返，光线明净，河水自石上穿过，发出清越之声，我在林间草地捡拾一种名叫木耳菜的菌类。阳光和暖，草地上的雪水消去不久，木耳菜被雪水泡大，墨绿绵软的一团，捡拾方便。木耳菜拿回家，拣尽杂质，洗净，加葱花，用油拌匀，可做包子吃，有时木耳菜少，便加点儿剁碎的粉条。捡拾木耳菜总是不能专心，春光明媚，有太多事情容易分神：有人将青杨枝子砍下，拖回去扦插，来年那些枝子又是一棵小树；蝇虫早已醒转，蜘蛛来去，小蚂蚁叼着无名尸体步履蹒跚；靠近河岸的泥地上，有一种叫水萝卜的野菜，芽尖刚刚破出，拔出白色根茎，擦去泥土，可以大嚼；防风已经伸出叶子，揪几根来吃，是甜丝丝的药香……河水那一边，白鹡鸰来去觅食，还有金眶鸻。

然而多年前，我并不知道那种鸟名叫金眶鸻。因为没有具体名字，记忆的片段里，那只鸟的细节从未固定。它可以变化，可以似是而非，可以在任何一方面伸展腾挪。现在，一旦赋予名号，它的存在便确定无疑，它被框定，被限制，任何超越界限都会使它成为异类。它的名字最终使它失去自由的无限可能。

灰斑鸠

2018 年 4 月 2 日

香荚蒾盛开之后，连翘与山桃接着绽出花苞。在高原，连翘早已有之，不认识的人，常将它与金雀花混淆。不知山桃何时来到高原，记得有一年公园和街头一下开出许多，粉白烂漫，人们误以为是樱花。我与朋友分辨，说樱花花瓣顶端有裂口，兔唇一样，山桃花瓣没有裂口，朋友不信，指明新宁广场真有樱花盛开。我打车跑去广场，一看，还是山桃。

没有山桃的地方，杏花绽放。

四月一到，便跟一个徒步群去黄河岸边的古村落看杏花。不知村子何名，黄河自村前流过，冲出大片湿地滩涂，蒹葭苍苍，鸥鹭翔集。岸边田地大多栽植杏树，偶有麦田菜园。征得主人同意，进入杏树林拍照。尚未正午，光线还好，不喜欢拍人像，渐渐与人群分离，独自抱着相机，东看西串。

那些杏树已经老去，枝干遒劲，色泽黑褐。开出的杏花，初时带些粉红，渐渐泛出白来，一派素雅。黄河水清，蓝天高远，杏树将老旧与粉嫩集于一身，一种“青山依旧在，几度夕阳红”的历史感。以前也曾看过杏花的，怎么没觉出杏花的好。

用相机拍照，虽然努力将光圈焦点诸种问题一一解决，但一张好照片全靠偶然，如我这般菜鸟，更是如此。以山为背景，以天空为背景，以树为背景，拍一朵花，一枝花，一树花。如此忙碌时，听得林中有大鸟拍翅一飞而过的声音，循声看去，却不见鸟影。不见不足为怪，那肯定是灰斑鸠。

栖在林中的灰斑鸠就是这样。你在林中行走，绝对不知道有一只灰斑鸠正站在高处的树梢上，悄悄将你打量。斑鸠在暗，你在明，你懵然无知，灰斑鸠便看你的笑话。然而一旦你察觉，仰起头，试图走近几步，套个近乎，灰斑鸠却拍拍翅膀，一去不返。它是不见光的闪电，绝不给你亲近的机会。有一次，在大通河边的白杨林中，我追逐一只大斑啄木鸟，仰着头来去转圈，快要转晕时，发现一棵树最高的枝条上正站着一只灰斑鸠。那天沙尘过去不久，天光暗沉，灰斑鸠依稀只是一个暗色剪影。我佯装不知，拿眼偷看，那剪影一动不动，如同一幅画挂在上面。后来忍不住将脚步向大树靠近，头依旧转过去看啄木鸟，便是这样伪装，灰斑鸠还是识破动机，待我走到树下，它一起身，翩然远去。

灰斑鸠有一身葡萄色加高级灰的羽毛，戴半月形镶白边的项圈，那项圈说由黑珍珠镶成也不为过，纤细的嘴巴，一双除了明察秋毫便是纯净的眼睛。当它站定，绝不像其他鸟类那样神经质地抖翅摆尾，如果唱歌，也绝不在人前扭来扭去。它端庄娴静，神情温婉，是鸟中闺秀——虽然有人说灰斑鸠走路，脚下仿佛绊蒜。

杏树林中应该有好几只灰斑鸠，我在杏树下来去，蹑手蹑脚，土壤松软，并没踩出什么声响。然而隔一段时间，便有翅膀拍打的声音，抬头去望，又不见身影，鬼魅一般。来去几趟，拍照的兴趣陡然减去，只想看清那些灰斑鸠如何将我消遣。林子外有一户人家，塑料大棚内种植些新鲜蔬菜，年轻女子来摘菜，后面跟出两个男孩。男孩子总归顽皮，我走过去和他们聊天，试图探听一些林中灰斑鸠的事情。孩子们对灰斑鸠明显不感兴趣，不怎样接话，后来大一些的孩子还是说，灰斑鸠喜欢落在高处的树枝上，如果树位于林子边缘，那么灰斑鸠绝不会站在靠近树林那边的枝子上。

就是说，灰斑鸠喜欢视野开阔，它的警惕性高到让你吃惊。

欧阳修写田家生活，“林外鸣鸠春雨歇，屋头初日杏花繁”，说斑鸠喜欢在雨后啼叫。斑鸠是否喜欢在雨后啼叫，我并未注意，不过，我觉得只有布谷的歌声适宜在落雨时节听，凄清的夜半也好。听百灵和云雀，最好在麦苗青青的田野。鹦鹉学舌自然在朋友来访时听为妙。燕子呢喃，可以和德沃夏克的《第九交响曲》第二乐章一起听。斑鸠呢，则适合傍晚时分坐在屋檐下听。

以前也是有傍晚的。以前的傍晚，月亮总是瘦，炊烟升起，篱间翠菊尚未枯去，河流在远处，青山也在那里，树枝上的鸟巢影影绰绰。我们带着汗水和杂草回家，坐在檐下，没有灯盏，屋檐下的麻雀已经睡去，野鸽子也已停止咕咕……可惜那时候从来没有一只灰斑鸠在院外的青杨枝上突然幽幽地说“哥哥——好”。

朱雀

2018年4月6日

从网上找出上古时期四大神兽之一的朱雀图片来看，是一只红色大鸟，凤凰模样，有着锋利的喙和爪，细瞧，与凤凰又有多处不同。朱雀威武，有帝王之相，凤凰优雅，王后典范。朱雀代表南方和夏季，与火有关。它作为神鸟，来源说法不一，一些学者认为它由天星变化而来，是远古先民对星宿崇拜的产物；一些学者认为，青龙、白虎、朱雀、玄武四象由星宿与阴阳二气变化所得。不论哪种说法，中国的传统文化中，朱雀这一神话形象始终鲜明。

现实生活中的朱雀，如果不是喜欢鸟的人，一定分辨不清它与小云雀，与百灵，甚至与麻雀的区别，当然，在网上查找图片，往往会看到头、胸、腹、背皆为玫红的小鸟，身材敦实，憨厚呆萌，小圆眼睛透出些机灵，仿佛将一只树麻雀用红色颜料染过。

清明之后，扬尘天气不断，使得文人笔下原本残忍的四月愈加残忍不堪，不过也有偶尔清明的一两天，仿佛一束光自雾中升起。从中医院出来，右拐，前行不远，有座修葺一新的城门，被红灯笼装饰。我手中捏几张朋友送的购书卡，想去书店买一些平时舍不得买，买了也不一定读的书。经过城楼，听得小鸟鸣叫，放慢脚步，听出叫的是“狮子滚绣球”。自从迷上鸟，一有时间便往山间丛林跑，拿着望远镜，贼一般。鸟类的叫声，也能辨别出七八种，“狮子滚绣球”，自然出自朱雀之口。朱雀到底是一种有文化渊源的鸟，随便唱几声，都是典故。

走过去，看见城墙上放置四五只鸟笼，几个中年男子蹲在阳光中闲聊。一只鸟在笼中兀自叫得动听，凑近鸟笼，见小鸟张开嘴巴时，颈部的羽毛上下抖动，仿佛底下有个玻璃球正在滚动。黑而亮的眼睛专注于一点，对我视而不见。我的靠近根本没妨碍它唱歌，明显是一只笃定而自信的鸟，远处，另一只鸟应付似的回两声。

是朱雀，俗名麻鹩。

问养鸟的男子，这几只朱雀为什么胸腹都是黄绿，而不是红色。养鸟人答，这鸟飞到南方，吃到南方特有的某种食物，羽毛才会变红。另一男子补充说，当鸟飞回南方，若经过那个地方，吃那种食物，第二年换羽，才变成红色，若不经过那地方，羽色还是不变。

可是资料明明说，朱雀雄鸟体羽为红，雌鸟则为褐色或绿色。

按这种说法，我现在所见的几只，应该都是雌鸟，但养鸟人又说，这是几只雄鸟，那只脖子下没有黄色的，是幼鸟，才两岁。着实糊涂。

大约是我不停走来走去俯身看鸟笼，或是几只鸟笼靠得较近，一只朱雀在鸟笼中突然即兴表演起来，披一件大氅般展开翅膀，抖动羽毛，翘起尾羽，将原该遮蔽的下体暴露出来，转来转去。养鸟人骄傲地说，看吧，阳气多足。

春天确实已经来到，沙尘虽然不断跑来肆虐，天空时而清明时而迷蒙，但街头连翘还是一丛丛绽出明黄，毛白杨的红色花序已经变绿，染有鹅黄的柳枝更加柔顺修长，榆叶梅的花苞，如放学时挤出校门的孩子。前一天，和朋友去南山公园看山桃，山桃花已谢去，枝头一片破败，全是残春味道。春天比人守信，人容易变胖，可能是动不动便要食言的缘故，但是春天再繁花似锦，也没有臃肿的感觉。

养鸟人摘来几枝榆钱塞进鸟笼，朱雀开心地啄食。也许是榆钱太多，也许是朱雀已经养成恶习，败家的阔少一般，衔起一枚，只将榆钱中心吃掉一点，边缘部分一概扔到脚下，而且很娇气地吃几枚榆钱，喝一口瓷盅里的水。

说榆钱煮饭很好吃，小时候吃这样的饭应该无比幸福，但我小时候从没见过白米和榆树。后来榆树一排排长在街头，榆钱掉到地面，被风吹到角落，枯黄萎去，一派杂乱。时机总是不对，错失如影随形。伸手将鸟笼中的榆钱摘几枚出来细嚼，果真有点淡淡的甜，还带些植物清芬，不知这几只朱雀是否尝得出其中滋味。

一直想知道的是，神话传说中的朱雀，与现实中的朱雀，到底有没有关系。

补记：2019 年 10 月中旬，一场大雪将远山覆盖。原本和朋友去看黄叶，走不远，改变计划，向雪山奔去。海拔四千多米的祁连山顶，积雪足有五寸厚，风刮起飞雪，肆意纷扬，五色经幡啪啪直响。站在山顶，望向远处，白色的千山万壑层层叠叠，没有边际，一如云山雾海，但是山下，又树树秋色。我们在一道山弯里休息，煮茶，拍照。甘青铁线莲叶子脱净，只剩下白色花丝如长发蓬乱，小檗的粒粒红果快要干瘪，雪绒花也已枯去，尚在葱绿的荨麻东倒西歪。

离我们不远的一株白桦树上，一对红眉朱雀喁喁私语。雌鸟朴实无华，无须赘述，雄鸟肚腹和脖颈的粉红，让人觉得生活无限甜蜜，尤其是飞扬到脑后的两道粉红色眉纹，让人思及天宫的云霞绚烂。

棕头鸥

2018年4月7日

棕头鸥在水面上飞，我用目光跟踪，想到《千与千寻》里的无面人。那个孤寂空虚的象征，灵魂同躯体一样居无定所的人，一袭黑袍，寡白面孔。他追随女孩千寻，只为她无意中一句“你不怕淋湿吗”的关心。无面人因此进入油屋，帮助千寻，试图博得千寻开心，但没有成功。伤心之际，无面人开始恼怒，开始迷失，开始贪欢，开始吞噬，他以获取他人语言作为某种支柱，然而他依旧孤独，依旧空虚，依旧渴望千寻的真挚友情。后来，在前行的火车上，空荡荡如梦幻的车厢里，无面人最终还是坐到千寻身边，他那般温顺安宁，他终于摆脱物欲控制，找回自己，找到无需语言亦无需金钱的纯真友谊。

棕头鸥自然没有如此附加意义，它只是一种中等体形的水鸟，看到它便想起无面人的原因无非是，它灰白色身子却长着一个截然分明的深棕色脑袋，而且这种深棕色只在脑袋前部，看上去，仿佛戴着一个深色面具。

在贵德的黄河岸边，游人们忙着拍照。骆驼、白牦牛、马、羊驼，这些快要在农村消失的动物，此时全在景区现身。骆驼正在换装，旧毛下垂，仿佛宽大的皮袄已经褴褛。不知何故，其中一只骆驼不停地跳摇摆舞：交替甩动一条后腿，左右摇摆身体，节奏分明。白牦牛一身贵族装饰，高大犄角向上盘曲，我靠近细看它裸露的眼睑（仿佛涂了粉色眼影），因为靠得太近，它态度并不友好，一低头，想要拿角顶我。好在它被绳子拴着，我一跳，便在几步开外。羊驼似乎是一家，小羊驼跟着妈妈，偶尔跑到一旁，被主人拉回。一匹鞴着鞍子的红棕色马，和一只披红毛毡头戴大红花的绵羊靠在一起假寐。羊那么小，怎么载得起游人？

上游的黄河，依旧清澈，丝绸一般的宽阔水面，声息俱无。岸边旱柳刚刚染上嫩绿，榆树正挂出圆形暗色花序，国槐仍旧是冬天模样；远处，丹霞地貌的山岩巍然耸立。那只棕头鸥始终在河面上空来去飞翔，忽而高，忽而低。以为它在觅食，但它并不把身子靠近水面，也许是在逡巡吧。有一段时间，它沿着河水流动的方向一直飞去，以为再不回来，过十几分钟，它又返身而来。我从相机的长镜头看它，见到那修长翅膀，展开时，内侧映出淡淡的天青色。

“雨过天青云破处，这般颜色做将来”，一只鸟将一道圣旨轻轻化解。

这样的鸟在黄河上空飞，除去我，自然再无他人关注。游客们更愿意拍照，坐在水边大石上，摆出造型和表情，有时丢石块击起水花，笑声阵阵。有几个，甚至打开便携式音响，开始跳舞。

此前，在黄河的另一段，我看到棕头鸥捕食，它将整个脑袋塞入芦苇初生的水中，一对大翅膀伸展在外，像极了一副天使在人间的雕像。

据说棕头鸥喜欢偷斑头雁的筑巢材料，而且偷食雁卵。看它高高飞翔，一点都想象不出探头探脑做窃贼的样子。小时候，某个深秋，一位自牧区打工回来的邻居到我家串门，脱下沾满泥土的黄胶鞋坐在土炕上，我在门外，被那双满是远方味道的胶鞋吸引。邻居谈牧区生活，说起鸟和狼，说有些像裹着褐色头巾的鸟，不懂筑巢，只在湖边地面随便找一个凹坑，垫些枯草，便在里面下蛋。一个巢穴会有三四枚蛋 ，它们的巢穴又总是密集在一起，发现一个，便会发现另外好多个。将鸟蛋捡回，没有油，便用水煮，一口气可以吃十几个。还说，狐狸会在地面等候飞翔的跳绳鸟，跳绳鸟在高空拍动翅膀，长时间浮着不动，如果突然一下直落到地面，狐狸反而会被惊吓一跳，等反应过来，跳绳鸟自然不见踪迹。

现在想，那种戴褐色头巾的鸟，应该就是棕头鸥吧。至于跳绳鸟，自然是小云雀了。某一次，我在广场上和养鸟人闲聊，他模仿小云雀在空中浮翔，然后陡直落到地面的样子，果真像在跳绳。

黄头鹡鸰

2018 年 4 月 18 日

在河岸，芦苇如同稻子生长。其实我并没有走进过稻田，与稻子最近的距离，也不过是坐在飞快的动车上，看稻田自窗外快速闪过。印象中，稻子始终秀气，柔弱婀娜，稻田不一定绿波春浪满前陂。北方的麦田不一样，它是磅礴的，有浪涛的气势。这些芦苇长出不久，叶子尚未全部展开，颜色未曾深浓，茎不及膝。旧年的一些枯叶纵横在地面，不曾清理。一些青色条石铺在芦苇丛中，供人行走。这自然是人工的景观，湟水河在不远处汤汤。

我从百度上搜出这块湿地公园，又用高德地图导航，坐车不过半小时，便从一扇窄而破旧的小门走进去。所谓湿地公园，不过是将湟水河两岸的一些湿地整饬一番，修上绿道，栽植花木，不让机动车进入。一进门便看见二月兰正在开花。几年前，我也曾在这些地方逗留，怎么就没见过这些淡蓝的花朵呢。那时见到最多的，似乎始终是田旋花。它们攀附于其他植物上，肆无忌惮开出淡紫色的花，有时直接挤进麦田，绕到麦秆最高处，晴空下孤悬起花朵。田旋花直率，鲁智深一般坦荡，二月兰则带些忧郁。离开绿道，拣一条小路沿芦苇地前行，路边遇到一丛亚麻。亚麻花也在绽放，秀雅的，蓝色梦幻似的小花微微摇摆。在它面前，感觉被白日照耀的现实不过是一个粗糙的笑话。

也有许多水葱，在靠近河岸不远的弯道，它们从水中生出，又将水面覆盖。不过现在，它们只是没出水面的短茬。去年，人们将水面上的茎秆割掉，恶作剧般，留下水中部分。它们如此泡在水中，绿藻纠缠，水面又积一些淤泥与衰草枯枝，几乎成为一片沼泽地。

大约也有芦花不动鸥飞起的景致，在昔日。

听到白鹡鸰的叽叽声自水面传来，望去，灰蒙蒙的，什么都看不清楚。找块石头坐下，拿出望远镜，用镜头在暗灰色的水葱中找寻。慢慢移动，撞见鲜亮的一团黄色。起初以为是灰鹡鸰，仔细看，却是几只胸腹和头部明黄的黄头鹡鸰，正与一只白鹡鸰在横斜的残枝上走来走去，并且神经质地将尾巴上下抖动。

那是黄蔷薇花一般纯净而无杂质的色泽，不黏滞，不沉重。它应该出现在一首孩童的诗歌中，一篇年轻人写的散文里，或者，一封来自《查令十字街 84 号》那样的书信中，它也可以出现在一段歌谣中，但绝不能出现在小说中，哪怕《茵梦湖》那样的小说也不行。

很分明地，那几只黄头鹡鸰雌雄鸟的羽色存有差异。雄鸟的头部羽毛全部为灿烂的黄，胸腹的黄也明亮得醒目，背部灰色深浓；而雌鸟，头顶的黄色已经退位给灰色，背部的灰色浅淡到寡然无味。阳光下，几只雄鸟对雌鸟并无多大兴趣，它们分散开来，各自活动。自然界的兽类，牝牡是分不出美丑的，飞禽里，雄类的羽毛多比雌类华美。张潮在《幽梦影》中说，人则是女子美于男，对此我有些不敢苟同，世间的美男子也是很多。

游人少，偶有一两位自水边经过，黄头鹡鸰并没因此受惊扰，它们依旧在芦苇秆上踱步，觅食，梳理羽毛，或者停下，一动不动凝视某个地方。风过与不过，阳光温煦不温煦，远处的鸟鸣叫不鸣叫，花开不开，清芬散播不散播，似乎都不是大事情，它们只注重眼前，关心粮食。

突然想知道外界在它们眼中有多大。

人类眼中，外界始终是一个万花筒。万人窥豹，各见一斑，应之而来的我们的反应，各不相同。如同前几天在公交车上所见，一个跟爸爸上车的拘谨男孩坐在我身边，小心翼翼，手脚没有丝毫多余举动，目不斜视，不出一声。看上去，他正与外界保持着某种距离，仿佛外界是一块透明玻璃，稍有不慎便会将其撞得粉碎。到某站，上来一群买菜主妇，大声说笑，挤过过道找座位，只一站，便哄然下车，看那形容，公共场所就是她们的家，她们与外界之间没有距离，不再陌生，她们可以穿着肥大的家居服，可以蓬头散发，可以睡眼惺忪。我坐在靠近车窗的椅子上，在 kindle 上读一本书，偶尔扭头看车厢内的情形，也扭头看窗外立夏时节的树木。我清楚，我是这车厢里的第三种人，我对某些事物已经熟透，但我依然保持一份拘谨与好奇。

必有第四种人，如同此刻我所见的那几只黄头鹡鸰，沉浸于一时，不为外界所动。

渡鸦

2018 年 4 月 30 日

渡鸦的智慧绝非一般，对圆形小物件和亮闪闪的东西倍感兴趣，喜欢收集卵石、玻璃片和弹珠。鸟类学家对此癖好做出解释，说渡鸦收集此类漂亮物件，是为取悦异性。也有鸟类学家说，幼小渡鸦对任何新鲜物件都好奇，随着年龄增长，成年渡鸦只保留了对圆形及闪光物体的好奇心。后一种说法我总觉不妥，原因列举不出，只能思忖：你不是渡鸦你怎知这事？至于吸引异性一说，其他鸟类也有此行为，那自然是普遍的，行之天下而皆准的挑逗诱惑法。

渡鸦会偷取其他渡鸦存储的食物，也会偷其他鸟巢里的卵，如果收藏食物的渡鸦被其他渡鸦盯梢，会假装藏食物，迷惑盯梢者，渡鸦这般行事，些许不光彩外，是智慧的较量。至于站在高台上拉绳子取食物，用细棍从纸盒中捅出虫子，或者撬开垃圾桶盖翻寻食物残渣都不是什么难事。渡鸦脑袋不大，一枚核桃那样，但有着与大猩猩、黑猩猩等同的逻辑思维能力。科学家又跑来解释，说这是因为渡鸦的脑神经元异常密集。也就是说，大猩猩和黑猩猩的脑袋那样大，却是泡开的胖大海一般，白白浪费了。

比起其他乌鸦，渡鸦的脑袋还是比较大的。渡鸦身材魁梧，一身黑羽，阳光下两翅闪烁出蓝紫色金属光泽，喉与胸部羽毛如披针形的乱草，长鼻须盖到嘴巴中部，永远不知道修剪，加上一双老谋深算的眼睛，文学作品中将其称呼为渡鸦先生，实在不算过分。

高原四月，走在循化的黄河岸边，看到木瓜海棠如同火焰，阳光斜射过来，红色尤其耀眼。桃花也已绽放，新栽的桃树，枝条纤细，花朵繁密以至无法透气，初看以为一树假花，走近才发现是妖娆的天然之桃。榆叶梅的花朵自然层叠，红云低垂，紫丁香更是大团绽放。泡桐的花开得比往年早，花在枝上，紫色已经褪去，徒留一树萎白。昨日大风，许多泡桐花吹落在地，人们走过，尽量避开，以防踩上而摔跤。我捡拾一朵来看，管状花瓣如同贾母的傻大姐那样爽利简单。

几年前也曾来过这里，夜晚到达，路灯下见一朵朵大花落在地面，不知是什么花，捡起，小心揣进衣兜，然后坐在街边烧烤摊上，一串一串吃羊肉。如今再来，烧烤是不敢吃了，泡桐花早已熟悉。当年杜甫卧病长安，逢着阴雨，青苔及榻，感叹昔日那些车马之客，旧日有雨也来，今日却借雨不来。我于此泡桐花，是无新雨旧雨之分的，不过只是又一次的偶然相遇。

远处是不见一株草木的积石山，红色山体裸露，阳光将褶皱加深，为数不多的田地，麦苗兀自青青。除去建筑物和树木，没有更多的事物将这段河谷填塞。站在大桥上看，河谷依旧宽广，河水平缓，仿佛长而柔顺的绿色水草。从照相机的长镜头中看河岸滩地，试图辨别草木，却发现一只渡鸦，孤零零站在水畔沙石上。

惯常见到的乌鸦，总是啼叫，一群群在天空盘旋，或者阴云般自风中滑过，如果在住宅区外的荒地上，乌鸦们走来走去，找寻食物之外，还保持高度警戒。某次，我追逐几只逗留在树梢的乌鸦，每次靠近，如果站着不动，乌鸦们便在树枝上各干其事，如果我举起手机试图拍照，它们便一拍翅膀飞到稍远的树上。

在堤岸上跑来跑去，始终无法靠近那只渡鸦，但它的叫声异常清晰，粗劣厚重的“嘎—嘎—嘎”，三连音，叫三声，停一下，再叫三声，中间没有变化。说渡鸦能模仿环境中的其他声音，还能学人说话，那么此刻，它在传达什么。环视河岸左右，再无渡鸦徘徊，普通乌鸦也不见一只，倒是一棵榆树枝上，大山雀在清脆鸣叫。

尽管杜甫认为“野鸦无意绪，鸣噪自纷纷”，我还是听出渡鸦啼声中某种拔剑四顾的茫然，仿佛那只拣尽寒枝不肯栖的孤雁，但是汪曾祺说，雁不栖树。雁自然不会落在树枝上，如同鸽子只能抓住百年之上的树干。渡鸦的孤唳，在庸常之外，同样浸透着世间的某种寒气。

之二

山鸟暮过庭

题彼脊令，载飞载鸣。

灰椋鸟

2019 年 5 月 2 日

一只跟鸽子差不多大小的鸟，居然麻雀一样叽叽喳喳，实在错得离谱，仿佛乐队里的大提琴手调好弦，准备演奏巴赫的《G 弦上的咏叹调》，一运弓，琴弦上却响起小钹的嘈嘈切切。鸟叫得清脆与否，是不是与鸟的体形有关呢，显然没有。鸟的声音靠鸣管里鸣膜的鼓动，如果要改变鸣膜的紧张度，使之声音不同，全凭气管两侧鸣肌的调节。所以一只鸟会发出什么声音，凭体形和外貌是判断不出的。人不可貌相，海水不可斗量的道理，同样适用于鸟。

灰椋鸟不仅叫声跟树麻雀相似，脸颊也跟树麻雀一样，糊两块大斑。不过树麻雀脸颊上是黑斑，灰椋鸟脸颊上是白斑。拥有大花脸的树麻雀和灰椋鸟都给人以好相处的感觉，仿佛人群中最不出众的那一个，可以随意接近，说几句话，开个玩笑也无伤大雅。树麻雀跳来跳去，虽不是时迁之流，却也跟儒雅沾不上边，灰椋鸟一身灰褐，在草地上寻寻觅觅，自然也与儒雅相去甚远。

麻雀群聚于树冠，如果恰是木叶落尽的冬季，寒荒的天地间，是一树尚未摘去的褐色果实。它们将始终悬挂，任风吹雪落，地老天荒。灰椋鸟会以同样庞大的数量聚集在树枝间，通常是高大的刺槐或柿树。如果恰好又是不见叶子的暗灰季节，天阴沉，灰椋鸟蹲踞在交错的枝柯上，一树灰褐色橄榄形的点，只让密集恐惧症者望而却步。也有例外，如果天蓝而清寒，光线明净，柿子红彤彤挂在枝梢,灰椋鸟不多不少,踩着枝子啄食,倒也是一幅现世安稳的景象。

然而不论灰椋鸟和树麻雀怎样相似，它们终究是不一样的鸟。不一样的鸟，自然拥有不一样的生活。

很少见树麻雀在空中成群翱翔。它们更喜欢超低空飞，飞行器一样在林棵或者楼宇间穿梭，仿佛来自未来。灰椋鸟在空中结成团队，阵势纵横，数目庞大，通常都有形状。有时如烟云腾挪，有时如浪涛卷过。当然，在高原，空中黑压压大片飞翔的，只有乌鸦。鸦群一边旋转，一边向某个方向移动，仿佛移动的黑暗城堡。

五月初的一个傍晚，隔一条小溪，我看一对灰椋鸟夫妻觅食。正是灰椋鸟组织家庭的时候，也只有此时，它们才会暂时脱离那个喧嚣吵闹的大集体，另起炉灶，来过自己的小日子。起初，一只灰椋鸟卧在深草中，似乎正在生病，或者受伤，长时间不动。我想如果它确实行动不便，需要救助，自然应该见义勇为。另一只灰椋鸟却并不焦虑，它一面低头寻觅虫子，一面向稍远处走去，它的悠闲自在不合常理。后来想，说不定那只灰椋鸟在孵蛋。但灰椋鸟不是那种随意找个地方就孵蛋的鸟，它需要在天然树洞或者啄木鸟废弃的树洞中筑巢。

约有二十分钟，我一直坐在溪水边的石头上，想看清楚那只灰椋鸟到底怎么回事。很少看见一只鸟长时间保持不动，它们似乎永远在觅食，在鸣叫，即便它们在休憩，也要梳理羽毛。至于夜晚的鸟，除去猫头鹰，又不曾得见，想必也不怎样安静。水边湿地，薹草正繁茂，一些马先蒿和报春准备开出花来，委陵菜性急，早将金黄色小花铺成了锦绣。蝴蝶已经飞来，那种指甲大的灰蝴蝶，更像一种蛾子，蓝蜻蜓的翅膀比水清澈，蜘蛛和蚂蚁是草地上的小毛贼，总是扛着时间碎步小跑。想起身靠近，但那只灰椋鸟分明已经看见了我，正保持着警觉，于是又不敢妄动。如此一段时间，脑海里洪波涌起，各种分析判断，末了，却见那灰椋鸟站起身，舒服地伸伸翅膀，晃晃脑袋，迈开脚，向另一只灰椋鸟走去。

心有不甘，也许灰椋鸟舍弃树洞，来草地露营，顺便生个蛋也有可能。走过去，看见一些草被压弯之外，什么都没有。原来它在小憩。

傍晚的时光于它们，显然悠长，仿佛夜晚的到来不过是个遥远的传说。它们继续向更远处的灌丛走去，因为觅食过于专注，彼此分开。在边界分明的光线中，它们完全解除警戒，沉浸于劳作中：扒开草叶，掀翻土粒，俯身到灌丛根部，偶尔抬头，望一望前面的路。它们一身灰褐，除去橙色的爪子和喙，身上再无亮点，它们因此更像米勒《拾穗者》中那位戴红头巾弯腰拾穗的农妇。

我以前也曾劳作过啊，在初冬的土地，在秋日，在仲夏，在早春雾气蒸腾的土地。那时我和母亲的田地在青山一侧，在河流之旁，在大雁鸣叫和阳光普照中。那时我安稳却又迷茫，安稳于现实，迷茫于未来。

白骨顶鸡

2018 年 5 月 4 日

早春，当我见到那些植物时，以为是芦苇。那时它们在尚有寒意的水面上横斜，茎秆折断，毫无姿态可言，几乎就是一些凌乱的枯草，被风从某座朽烂的草房吹出，然后散落。或许那时它们并不像芦苇，如果细看。然而先入为主的想法捣乱，尚未看清，便如此认定。这种思维的惯性早成顽疾，明知与人无益，却治愈不了，有时，甚至为此而得到的一些答案暗自庆幸，因为不经思考的想法，总是来得轻捷，仿佛它们早已套好大车，驾好马，只等一声吆喝便可上路。现在见到，原来是水葱。葱科植物，应该都能掠来大嚼。查资料，说水葱不可食用，又说，水葱为药物，可利尿消肿。不可食用的东西，又怎会成为药物进入人体，没想明白。站在水畔，欲伸手触摸，够不着，不过看上去，它们更像长大几十倍的沙葱。长在野外的沙葱辛辣，如果吃它的花，尤其辣得涕泪俱下。超市有一种极其相似的野葱卖，可以凉拌，没一点葱味，说它是野葱，也不过是个意思。眼前这些水中的葱，蓝绿色，色泽不似大葱透亮，茎秆硬挺，箭镞似的从水下斜伸出来，挨挨挤挤，似要诉说什么。植物能说什么呢，无非是我要开花呀，秋天千万不要来呀，你折我你就是耍流氓呀之类，过于艺术的话，譬如“瓦盆麦饭伴邻翁，黄菌青蔬放箸空”之类诗词文章，它们肯定说不出来。

水葱正在开花。红棕色，仿佛细小的稻穗，或许不是花，隔得远，看不分明。初见时暗自诧异：离上次来这里不过一月有余，那时还枯草一蓬，不见丝毫绿意，如今花已盛开，好像时间于它们缓慢有序，而于我，隐身疾跑了过去。池中也有不长水葱的地方，水面在那里亮晃晃的，波纹浮动时，偶尔会见到半个太阳从那里散出七彩光芒。

水葱深处，一只白骨顶鸡静卧水面，它的黑色羽毛在耀眼的光线中格外沉静，它的白色嘴巴和白色额甲连在一起，如同原始部落的某种神秘图案。

白骨顶鸡是群居的水鸟，遇有敌害能长时间潜水。向四周搜寻，再不见它的同伴。莫非这一只独自生活，如同人世中那孑然一身、无所依倚的人，江湖飘潇，萍踪浪迹？然而又看不出多少孤绝意味。它在那里，似正沉浸于安稳的睡眠之中，又似假寐，独享春光。

此时，世界静谧得让人怀疑生活还存有水深火热。水畔几株柽柳准备开花，淡粉的穗状花序，走近时，才能看清花苞浑圆如珠。大滨菊在灌木之下，花盘如幼童无辜的面庞。三叶草早开出奶白的花来，它们的一部分茎叶被人摘去做了吃食。山刺玫，这些散发山野气息的蔷薇科植物，花色天然。池水上的游廊中，一个青年男子从包袱中拿出鲜艳的藏族服饰，换装，然后跳舞。他的舞姿奔放，显然受过训练，同样年轻的白衣女子，打开手机给他录像。远一点，靠近河岸的浅滩上，一只野鸭正在觅食。

突然想，白骨顶鸡与白骨精有没有关系啊。可是我们都知道的，白骨顶鸡只与时间有关。

说起时间，确实是分岔的，毛细血管那样。以前读博尔赫斯，知道他的宇宙并非独一无二，而是许多个，他的时间在那些宇宙中，如同网络交错。前一晚，吃几枚樱桃时，忽然无来由地想：你的时间只与你有关，我的时间，只在我这边，如若某日相逢，时间不过彼此打个照面，之后，你朝东去，我往西行。

如同眼前的白骨顶鸡，它在时间的另一端，与我无关。我的记忆中原本没有它的行踪，它怎样飞翔，怎样啼叫，它的家族怎样兴盛萧条，我都不知，我们是彼此的陌生者，从不会生死与共。只是现在，它自南来，我靠近水岸，将它凝视，而它也警惕地向我一瞥，时间在这一刻彼此相交。而后凉风起，秋叶摇落，它会再次离去。之后，我们将始终在彼此的另一端，老死不相往来。蒹葭苍苍，白露为霜，与我与它，也都无关。

白骨顶鸡有一双灰绿色大脚，按理说，有那样大脚趾的鸟，应该常在水面行走才对，非洲水雉那样。非洲水雉常在睡莲荷花上行走觅食，颇有“凌波微步，罗袜生尘。动无常则，若危若安。进止难期，若往若还。转眄流精，光润玉颜。含辞未吐，气若幽兰。华容婀娜，令我忘餐”的风采，同样是有着大脚的鸟，白骨顶鸡却似乎更喜欢将自己当作一朵黑色睡莲，浮游着，任凭一双矫健大脚，棹一般在水底划动。

银喉长尾山雀

2018 年 5 月 15 日

午后大风如浪，阵阵掀起，不过毕竟是五月中旬，气温陡然升高，风再猛烈，空气还是暖烘烘的，仿佛无数暖风机正在运行。在山上，沿小道前行，路旁杨树拼了命地发出声响，似乎为某些事情据理力争，又似乎仅仅是要发出巨大声响。杨树是无风都要萧萧的树木，逢着这般大风，哗哗声自然盖过一切。前段时间读文章，说有人不喜欢白杨，只因为“白杨多悲风，萧萧愁杀人”这句古诗，而改植梧桐。我始终喜欢杨树，不管哪一种，想那屋外窗下栽植一排，白天叶片翻出道道银光，晚间萧萧，仿佛夜雨造访，有时又招来喜鹊啄木鸟之类，深秋，一树金黄，这些都使人愉悦，何况杨树成林，布谷鸟凄清地叫，回首平林漠漠，寒烟如织，全是诗词意境。

已经一个多月没来这里，不是无暇顾及，而是有意如此。三月下旬还是四月初，在小山一处废弃的屋子旁边，发现一个银喉长尾山雀的小巢之后，便始终惦记它们。想着此时正是小鸟繁殖时节，不应打搅，偶尔去山上，也不去看它们。有时又怕他人将小巢给毁了，一次实在没忍住，挪步过去，看小巢是否安全，所幸小巢安然无恙。而在不去看它们的时候，又悄悄算着时间：小鸟将巢穴整饬得更舒服了吧，该产卵了吧，几枚呢，如果孵蛋，是爸爸操心还是妈妈操心，需要几天，如果小雏育出，光着身子是不是很难看，会不会被流浪猫叼去……

前几日，在小区看到麻雀宝宝跟在妈妈身边，耷拉着翅膀大声要东西吃，才惊觉原来时间过得很快，小鸟的雏儿们已经长大。上山，果然发现夏季早已将春天代替，金雀花遍野，水荀子已将银耳钉一样的小花缀满细枝。那对银喉长尾山雀的小巢筑在一棵矮小的刺柏树中间，刺柏树被大株丁香和榆叶梅，还有榆树围着。上次来时，榆叶梅正在打苞，玲珑花苞如同小小精灵，丁香刚刚绽出叶子，榆钱在枝上密集。现在，榆叶梅的残花犹在，丁香已层叠出绿影，榆钱枯去，片片飞落。小巢还是原来的样子，一个精美的陶罐模样，大肚，小口，罐底被柏树枝牢牢嵌住，小口偏向一侧，便于小鸟出入。记得初见，深深叹服小鸟的筑巢技巧，尤其是那开口。惯常的鸟巢总是黑乎乎朝天敞开，架些细枝，缠点草，最讲究，也不过是再多铺层羽毛与苔藓。而银喉长尾山雀的这个小巢，灰白色中透点绿意，清新脱俗，绿色自然是毛茸茸的苔藓，灰色是一些细柔羽毛，白色则是餐巾纸。起初不知那白色为何物，以为是凝结的小鸟唾液之类，小心用树枝去碰触，才明白是扯成条的纸巾。

小鸟当初是怎样发现餐巾纸可以筑巢，又是怎样扯成细条的呢？

静悄悄的，除去风动树叶的声音，以及从山下传来的隐隐市声，再无过多杂乱声息。阳光自叶间漏下，碎成片的金箔一般洒在小巢上，不见小鸟出入，不闻雏儿啾啾。是不是小鸟带着雏儿去觅食了呢，也有可能，去玩耍了吧，天这样蓝，小虫子都爬到了草叶上，远处的水池闪着粼光，时光这样好，就让它们打开美丽的翅膀……转身，准备离去时，突然发现小巢的入口处，封着一层蛛网。

第一次见它，是观察那对银喉长尾山雀时。它们在林子间波浪形飞翔，圆滚滚的身子，糯米团似的脑袋，眼睛如黑珍珠，一根细尾巴翘起，比身子还长，腹部羽毛染着葡萄紫，叫声细柔，吱吱吱的，像用麦秆吹出的口哨。它们频繁进出那片丛林，我躲在暗处，用望远镜探看，见到它们轮流出入一棵不足我身高的柏树，原来它们正在兴高采烈地筑巢。

它们和年轻时的我一样，也是白手起家。那是一切皆有可能的起点，无论面朝哪里，都有道路伸向远方，而那每一个远方，又都是簇新的起点。那些起点，尽管充满变数，却如早晨的露珠饱满干净，它们交织纵横，我因此并不害怕在哪一个起点上仰面跌倒或者萎靡不振，因为总有其他起点，容许重新开始。

从不曾想过的是，当我算好时间再来，鸟已不见，蛛丝却结满雕梁。

小云雀

2019年5月22日

“在我初次知道有种鸟叫小云雀的时候，我从书中抬起头，开始北望，我想也许只有北方寒凉辽阔的原野才有那种鸟儿在歌唱。那些原野上，荞麦刚刚醒来，泉水在绿草地上蜿蜒，荨麻和苦艾正散发出芬芳，马车在大路上轧轧响过，高大橡树在晨光中闪烁红光。而小云雀，这种像弹丸一样射向天空，又骤然掉到地面的鸟雀，在它们上空，在云端，歌声嘹亮。我以为只有高天流云常驻的地方，云雀才会出现。

“后来，在我小而又小的家乡，我无数次看见小云雀从青稞田飞起，像一粒被射上去的褐色弹珠，我才明白，人的想象力有时会成为一束光芒，容易给想象的事物罩上一层明亮，使之炫目，但有时候，想象力简单乏味到不如事物本身。那时，我贫瘠的家乡，天穹始终高蓝，云朵翻卷，青色岩石的山脉长久连绵，沼泽，森林，田野长满燕麦和青稞。那里的气温总是很低，便是八月，夏季风也要吹来寒凉，秋天，白桦和青杨镀上金粉，而冬天，冰封雪飘。在那里，晚春，或者整个夏天，小云雀都在青稞田的上空鸣啭。那总是欢快又愉悦的歌唱，是跳荡的，从一个角度迅速转换到另一个角度的，水滴的溅落和弹跳，是琴弦上的弹拨。那时候，我会站在盛开着蓝色龙胆和粉红报春花的田埂，抬头顺着声音的起落寻找小云雀。它在那么高的天空，身体总被耀眼阳光遮蔽，只有声音可以告知它的位置。小云雀从来不会在停止飞翔的时候歌唱。

“鸟儿有没有正常的死亡，像人们的寿终正寝那样？我几乎没见过有哪只鸟儿老去，患上疾病，躺在巢穴里，或者路边草丛，等死神降临。我以为鸟类也像猫一样，在预知死期之后，毅然决然，离开家乡，在深山，在无人知晓的地方，悄悄死掉。我甚至认准自己的这种猜测，想象某个没有人烟的地方，肯定堆满了鸟的尸骨，它们莹洁、温润，仿佛一场雪刚刚降临。但是，有一天，在路上，我看着车窗外倏忽闪过的鸟儿时，突然明白，原野的鸟，它们无法保有完整尸骨，它们在生病，或者死亡之后，便成了其他动物的盘中餐。

“量子力学中有一个实验，叫‘薛定谔的猫’：小房子中有一只猫，猫旁边是一个毒气瓶，毒气瓶上放置一个锤子。锤子掉下来，毒气瓶就会被打破，毒气瓶一破，猫就会被毒死。这个锤子用放射性的原子核控制。原子核有 50% 的概率放出毒气，也有 50% 的概率不放出毒气，所以这只猫有 50% 的可能死掉，也有 50% 的可能不会死掉。但是怎么知道这只猫有没有死掉，只能让人去看一下。这就需要主观意识去起作用，人如果不去看，猫始终处于一半死一半活的状态。

“我对鸟的想象如同这个实验。偶尔的自欺欺人有时候是一种温软，是一种和缓，仿佛器物上的包浆。

“我从没见过小云雀死去。熟悉小云雀的人说，小云雀在天空连续几分钟不停歇地唱歌，当它唱不动的时候，就飞进青稞地，吐血，而后死亡，啼血的杜鹃那样。”

这是几年前我为小云雀写的一篇文章。几年前，我还处于热心描写的阶段，热心不小心会附加些刻意的东西，尽管那时我也避免刻意。发自热心的举措有时不免偏颇，因为一厢情愿。时隔几年，回头再读，发现一层薄薄油脂如余晖那般正将文章涂抹。对小云雀的喜爱确实在那里，但是描写，很大程度上已经属于想象。小云雀当年的鸣叫，不一定就是欢唱，也不一定愉悦，不过是，当我描写时，回忆发生了作用：童年在那里明亮，童年像鸟雀一样欢唱。

多年之后的这个春天，小云雀依旧在空中忽上忽下，依旧鸣叫。我站在清冷原野，试图将它们一一看清，但是不能。它们要么在空中快速移动，要么落地隐入草丛。我在网上找出一些图片，看见一段介绍它的文字："功效：固精缩尿，敛血止泻，解毒，养阴润肺。主治：用于遗尿、尿频、遗精滑精、白带过多。性味归经：酸涩甘、咸，平。大肠、肺、脾、肾四经。用法用量：内服，煎汤，10—20 克。药材的采收与储藏：夏、秋季捕捉，捕获后，除去内脏及羽毛，取肉焙干研末备用。"如果你是一位喜爱鸟的人，就一定明白我读到这段介绍时的厌恶与悲哀。

小学时候，村里男孩喜欢将蜜蜂捉来，用细线拴住腿，然后看它飞。蜜蜂因为负重，飞得趺趺撞撞，喝醉酒一般。有时，也将捉来的鸟用细绳拴住，牵着它穿村而过，大多是树麻雀。一次，一个男孩将小云雀捉来，同样用细绳缚腿。那时候，麻雀虽然备受摧残，但是不怕人，小云雀不一样，胆子异常小。在男孩手上，小云雀各种惊慌，试图逃窜，却始终徒劳。我记得清楚的是，挣扎后的小云雀，短羽冠竖起，如同一团枯草在风中凌乱。

棕背黑头鸫

2019 年 5 月 23 日

无名小河自东向西蜿蜒，发出哗哗声响，河水不算清冽，也许上游地区才落了场雨。河流自然来源于不远处的祁连山脉，那山我已经熟悉，曾数次登临。海拔高，云雾始终缭绕，即便六月天，山顶也积雪覆盖。河水冰冷，这一点听声音便会感知。河两岸，是并不茂密的青杨林。太阳此时已经偏西，空中云朵大块相连，这使洒进林中的光线并不均匀，明明暗暗，林中草色因此深深浅浅。

草地上盛开的，都是趴下去才能看清的小花。狭萼粉报春，以前我曾将它称呼为散布报春，多么马虎的错误。肉果草，名字没有任何诗意，看上去与肉也没关系，幸亏花朵没有一只蜜蜂大，如果花朵大如牡丹，那花瓣上浓郁的深紫会让人窒息。委陵菜的细茎伸出来，探手探脚，跑到远处又着地发芽。马先蒿红黄两色齐备，这自然是不同品种所致。少花米口袋，小时候吃过它的根，但一直习惯叫它少米花口袋。龙胆贴着地面，淡蓝色花朵仿佛梦幻。金露梅、防风、马蔺、秦艽，一一可见。很奇怪最熟悉的甘青老鹳草却没有踪迹，若在以前，甘青老鹳草是绝不能采摘的花，因为谁都知道它叫打烂碗花花……小花们兴致勃勃，仿佛在庆祝儿童节。这是青藏高原的春天，尽管在节气上已是小满之后。

鸟儿们飞来飞去。当然，我才不会说鸟儿们在参加集会，百鸟朝凤，不。环颈雉依旧在灌丛昂起脖颈逡巡，成双成对，我连靠近的意思都没有，只仔细看了看，它们便呼啦啦飞去，誓死不碰面。一反常态，灰斑鸠双双低飞而过。灰斑鸠还是在傍晚的青杨林啼叫为好，缱绻绵渺，《诗经》的味道，布谷再应和一两声，一叫一回肠一断，更愁人。麻雀雏儿还是耷拉着翅膀，跟在妈妈身后叫，都跟妈妈一个模样了，还不知道自立。银喉长尾山雀的雏儿们枝头排排坐，起先我以为那是一串旧年的果子，但青杨是不结果的树，用望远镜一看，它们挤在一起，胸前一律淡粉，仿佛围着小汗巾，它们的妈妈，正在枝头为它们找寻食物。

好季节到底不一样，都在嬉戏，在玩闹，在轻松随意地生长。

棕背黑头鸫胆子大，根本不像它的同类赤颈鸫。赤颈鸫是那种你一仰头它就飞去的鸟，好像它的神经与人相连。棕背黑头鸫在我面前的草地上觅食，慢条斯理。走姿依旧是那种俯首向前小趋几步，然后猛然抬头站住，似乎有什么事让它惊愕。能有什么事呢，我每次见鸟，都蹑手蹑脚，大气不敢出——每次都是鸟们先将我吓住。而林中，草色青碧，流水潺湲。此时正适宜躺在草地上，眼睛追随一朵流云，嘴角衔一枚草茎，一朵白色的草莓花最好，年轻时候那样，然而不行。两只鸟在你面前来来去去，仿佛你是它们的客人，你必得优雅一些，正襟危坐不必要，但一定要表现出某种知书达礼。于是在一块裸露的石头上坐下，尽管黑蚂蚁自脚边跑过，还有一种细如线头的黑蜈蚣。

普天下都相似的雌鸟，不是灰就是棕的雌鸟，色调总是雨天般暗淡的雌鸟，美了容也看不出效果的雌鸟，我眼前的棕背黑头鸫雌鸟，依旧没跳出大自然限定的这个圈。好在它的神情个头与雄鸟差不多，如果忽略它们羽毛的色彩，你便判断不出谁雌谁雄，这可不像人类。雄鸟就不一样，雄鸟都是染缸里浸过的，是涂脂抹粉的，是诸种油彩一起上身的。它头颈尾翼的黑是夜晚的黑，腹部的栗色仿佛着了火，至于背部的灰黄，还是忽略的好——似一块灼烧后留下的疤，然而雄鸟一无所知地背着它。

它俩相隔不远，始终保持一定距离。小跑，立定，抬头，再小跑，立定，再抬头，偶尔向着远方谛听。

我已经知道，眼前的两只鸟是进了全球濒危鸟类目录的，珍稀而罕见。可此时它们明明在这样普通的一条河谷里，普通到连青杨树都是后来栽植的，游人开了车就能来此处游玩。而村庄就在不远处，柏油路穿村而过，犬吠清晰可闻，人们咳嗽的声音都能传过来，猫时常跑来游荡，村里人甚至将林中草地开辟出几块来，种上了云杉和蚕豆。

所谓大智若愚大约就是这样一回事。

黑鸢

2018 年 5 月 30 日

小时候是见过黑鸢捉小鸡的，具体情节早已模糊，依稀记得黑鸢一出现在空中，我们便害怕，便找屋檐或树木躲于其下。似乎也有胆大的时候，如果恰好母鸡带着雏儿在外面觅食，我们便慌忙将其往家赶。但母鸡不怎么听话，尤其有小鸡时，左追右堵，喝呼一阵，再抬头，黑鸢早不见了，或者已回到更高处。黑鸢总出现在阳光晴好之时。高原的晴空，蔚蓝具有某种质感，如果胳臂足够长，似乎可以将其触碰。天空若有白云，又常常肥厚的花瓣一样尽往低处落。我们在河水的喧哗，或者清冽之风的寂静中玩闹，偶一抬头，见黑鸢如一粒黑豆，自山巅出现，如果黑鸢正在远去，则如一只虫子缓缓爬行，最终与天空融为一色。

除去捉几只小鸡，黑鸢并没给村庄带来灾难，小孩子被啄去眼睛之类，更不曾听闻，但小孩们还是害怕。多年后，我还在梦中见过黑鸢，它自昔日山巅扑来，翅膀伸展如垂天之云，它身体上因为背光而形成的黑愈来愈低，愈来愈浓，甚至会哗啦一声，倾泻而下，漫过原野。过后思及，那漫天暗云，含义已超越一只鸟所能带来的东西，然而那到底象征什么，并不知道。

十几年前，我还会做些花木绚烂的梦。草木在梦中，如同出自李白或者李贺的想象，瑰丽奇特，让人诧异。天心月圆，华枝春满，明丽的梦，自然应该预示一些好事来临，但那时，似乎也没有截然分明的好事与坏事来临。现在，梦渐渐滑向现实的边缘，失去想象，仿佛现实连一些梦都不肯放过，令人厌倦。倘若偶尔草木葳蕤，果实累累，也如肢解了一般，零零散散，残缺不全。如果醒来还记得一些片段，不过依旧是昔日梦的翻版，陈旧乏味，毫无新意可言。

关于梦的解析，我从自己的经验出发，觉得有一部分梦不过是现实的延续，而另一些梦，是预兆，是启示，是未来和你打电话。

不过儿时的那点恐惧并没有因为年岁渐长而消失。戊戌暮春，在乐都一座大山深处，结伴去的几个人分散开来找蕨菜，我于草木有兴趣，尤其在山中，许多种类都是多年未见，边看边走，不觉离开同伴，爬到山的高处去。那一面山顶，有片桦树林，新叶才出，光斑跃于其上，碧玉的镜面一般。岩石之间点缀些西藏点地梅，一簇簇，娟秀清丽，又有几朵淡紫的银莲花，弯腰拍下照片，起身时，发现一只黑鸢正在树林上空盘旋。它与我之间的距离，应该是我一动容，它便看得分明。慌乱之即，赶忙逃离。躲入林中自觉不可靠，便往山下同伴处跑。所谓山路，不过是羊群踏出的崎岖小道，大石横亘，荆棘丛生，路面多为流沙，踩不稳，便有摔下山去的危险。气喘吁吁，到山下再抬头，黑鸢早不知去向。

五月底，在坎布拉一座名为宗能寺的寺院门口，再次见到黑鸢展翅。寺院建在山顶，山不高，若向山下望去，一川烟柳，莽莽苍苍，黄河奔流其间，不见踪迹。一只黑鸢从寺院一侧的断崖上飞起，很清晰地，我看到黑鸢的飞翔方式：双翅快速鼓动一阵，然后滑翔，再鼓动，再滑翔。如此一圈圈盘旋而上，让人思及“抟扶摇而上”的大鹏。

那天天气阴沉，浓云罩着山脊，风清冷，时有微雨落下。寺院门口的两株大沙枣树正在开花，黄色碎花掩映于灰绿的叶子之间，花香远播，馥郁清秀。长蕊石头花也开出花来，同样的碎花，花蕊高出白色花瓣，如小小蜻蜓俏立枝梢。几只流浪狗静无声息。开饭之前，僧人们来到寺外活动，多是年幼孩童。季节虽是初夏，但气温突降，老人们复又穿上棉袄，那些小僧人已习惯在冷风中露出细瘦双臂，奔跑起来，猩红披单不时拖到地面，弯腰时，裙子下露出一截瘦瘦的小腿。

电线杆上原本站着一只灰斑鸠，不出声，也不动，仿佛陷入某种沉思，抑或游离于世界之外，并且将一直沉静下去。但当黑鸢在一旁盘旋而起，并且似有似无向电线上空移动时，灰斑鸠很镇定，且很高傲地，依旧一声不出地起飞，笔直地投身到山下有雾的青杨林中去。

很惭愧地想起梅尧臣的诗《观放鹞子》，感觉“草际鸣鹑惊，蒿间黄雀窘”的情形，用在曾经的我身上倒很恰当，至于眼前的灰斑鸠，未必如此。

啄木鸟

2018 年 6 月 4 日

仿佛呼朋引伴，一只大斑啄木鸟在我前面一边飞一边叫，我分明听见它在说“走，走，走”，觉得不可思议。起初并没想跟它走，当它从我身边飞过，落在百米外的一株榆树上时，我依然在走我的路。我去水边看蜻蜓和蒲苇，现在要穿过林子，到公路上去。这种有鲜红色下腹的啄木鸟，见过多次，不觉得新奇，而且我曾在旧居窗外近距离看过它啄树木，听过它凿树木的声音。那时我也曾好奇如此震动头部的鸟，缘何没得脑震荡，那时还对它以垂直方式站立树干表示深深不解。

在我快要走近那株榆树时，它飞起来，双翅一开一合，又朝前面飞去。仍旧一边飞一边“走，走，走”地叫，飞过和前次约略相等的距离，绕到另一株榆树树干后停下。看上去，啄木鸟也有社交恐惧症，和我一样，一旦看见人出现，便会躲起来。啄木鸟如此躲躲藏藏，倒引起我窥一窥的兴致。但当我再次接近那株榆树时，它以同一种方式，停在第三株榆树上。

我注定飞不过啄木鸟，但我有耐心。见到啄木鸟之前，我曾花两个钟头沿水岸行走，用一种名叫形色的手机软件辨识陌生草木。这款软件辨识度不高，尤其遇到高原植物，动不动说“这个难倒我了”，不过大多时候还是可以框定出一个范围。看水面上的蜻蜓，有一种黑白两色相杂的，个头奇大。太壮硕的蜻蜓显得蠢笨，不好看，蜻蜓生来就应该秀雅。几枝白色雏菊绽放在成片的千屈菜丛中，孤单又醒目。黄菖蒲开在芦苇丛中，还有一种名曰水蚂蚱的小虫子，它们在水面上轻轻地跳，一跳便漾起一个涟漪。很少见一只鸟也如此有耐心地跟我兜圈子，大多数的鸟，一走了之，它们有事要忙。鸟都是操劳命，自天光微明到暮色来袭，一刻不肯懈怠，如果可以抱怨，鸟们有足够理由，但它们始终快乐，从不怨天尤人。

这样，我尾随一只鸟，或者听其召唤，在林子里东奔西走。林子另一边，是野炊的人。他们铺开毯子，扎起旅游帐篷，摆出食物。晴好的日子是用来浪费的，时间是一种消费品。没有谁注意到我在林子里探头探脑，然而我注定是一个失败的追逐者：我曾追过的时光，已弃我而去，我追过的，未来的我自己，也已变成另一个。

如此，到第四株榆树后，它停一会儿，然后拍拍翅膀，飞出林子去。

以前见过几张照片，北美的橡树结实后，橡树啄木鸟会在橡树上啄出无数小洞，然后衔来橡实填进去，夯实，以备过冬。有时，橡树啄木鸟家族共同劳作，一棵橡树可以储存上万粒橡实。在那株它曾躲藏的榆树枝干上，我仔细找寻挖掘痕迹——或许也有个小洞。但这只逗引我追逐的大斑啄木鸟，它在树干上只揭去一小块指甲大的树皮，没留一个洞。它或许在那里吸食了几只蚂蚁，然后离去。

比起橡树啄木鸟，这只大斑啄木鸟更像一个及时行乐的人：冬天总是会有虫子的。

这片林子里，灰头绿啄木鸟是我见过最会搭配色彩的鸟：仿佛人群中那个穿浅绿色上衣，灰白色长裙的女子，一身脱俗，让观者神清。雄鸟头顶的红斑，又似一块吉祥痣，给整个形象增加了戏剧效果。有一天，我站在林子里，听灰头绿啄木鸟啼叫，“嘎—嘎—嘎”，一面叫，一面仰起头去，像极了一个男孩爽朗的笑。周作人说北京的啄木鸟通常会干笑，我仔细分辨，没听出灰头绿啄木鸟声音中坏的成分来，或许北京的啄木鸟是另一种。

见过别人拍的一张黑啄木鸟，一身黑羽，头顶一大块红斑，银色嘴巴，身体几乎是大斑啄木鸟的两倍。鸟专家说黑啄木鸟也生活在中国西部，想起去年到山中，在林中行走时，有大如乌鸦的黑鸟从头顶掠过，未曾看清，依稀记得一闪而过的黑影中夹一点鲜红，想必是黑啄木鸟。

找几首关于啄木鸟的诗来读，除掉“闲闻啄木鸟，疑是打门僧”一句外，其他都提不起兴致，觉得还不如以前听过的一个谜语有趣：“喜爱古木森林，到处敲门访问，不等主人迎接，抓住就当点心。”

灰头鸫

2019年6月6日

街道两旁的杨花飞尽之后，大约一个月，山上的杨花又飞起来。一个人如果对杨树叶子和树干上的斑纹不敏感，无法一一区别杨树的话，就无法区别杨花的不同。毛白杨开花早，结籽也早，四月末，杨花便从树冠上飘出来，白色的精灵般，飞得街头一片迷蒙。街道上，风总归少一些，杨花便由着性子飞，有时也跟随奔驰的汽车和行人脚步飞，飞累了，积在水泥地面某块凹陷处。总有好事者拿打火机将其点燃，天朗晴时，火焰看不见，白色飞絮则魅影似的从地面一点点消失。青杨不怎么到街头来，归根结底，青杨是带土气的树，没有《水浒传》中的柴进那般高贵。青杨飞花要到六月初。六月初，便是寒冷的高原，春天的花也已谢尽，夏花尚未烂漫，不过还是次第绽放开来：广场上有山梅花和锦带花，有暴马丁香和白杜，山上有蓝紫色狗娃花和沙葱，有骆驼蓬与雏菊，如果是更远的山上，则有报春、龙胆、杜鹃、蒙古绣线菊，以及所有要绽放的野花。

山上风大，杨花飞起，总是一阵凄迷后，瞬间大地变白。人行其间，杨花扑头盖脸，肆无忌惮。如果风再大，整个承载杨花的枝子簌簌掉落，脚踩上去，咔嚓咔嚓，里面的籽都被一一压碎。

在这样狂舞的杨花中，见到一只带孩子觅食的灰头鸫。见惯了黑白灰褐为主的鸟，一身栗棕色的灰头鸫出现在眼前，觉得有些不真实。好在它的翅斑和尾巴是黑色的，头部连同脖颈带些浅灰，又觉得它确实是一只人间的鸟。灰头鸫的雏儿个头比母亲大，羽色尚未分明，一身橄榄绿，羽毛说不上蓬松，乱糟糟的，仿佛刚从水池中捞出，裹一身水藻。显然它们都爱吃蚯蚓，因而只在有枯叶和潮湿泥土的杨树林中走来走去。

我坐在杨树下看，它俩并不觉生分，灰头鸫妈妈偶尔抬头看我一下，然后继续低头找寻蚯蚓。什么时候下的雨，不清楚，泥土潮湿，蚯蚓应该很多。灰头鸫妈妈嘴巴上沾着杨花，白蒙蒙的，它如果要将一条蚯蚓啄出来，需要使劲仰起头。我清楚地看到它啄出一条蚯蚓，将其放在地面上等雏儿来吃，那雏儿走过去，并不吃，只仰起头，张开大嘴巴，耷拉下翅膀，撒着娇，等着妈妈喂，灰头鸫妈妈只好又将蚯蚓啄起来，放进它的嘴巴里去。

杨花飞旋一阵后，灰头鸫妈妈和雏儿分开来，雏儿朝另一个方向走，一边走一边低头啄泥土，过不久，很熟练地，啄出一条蚯蚓来，引颈吞下，走几步，又啄出一条，吞下。原来背过母亲，它自己又会找虫子又会吃，完全一番成鸟模样。

有些替灰头鸫妈妈抱不平。

戴黑色头盔的灰喜鹊也喜欢这片青杨林，它们更喜欢玩闹，飞来后，蹦蹦跳跳撒着野，与认真找蚯蚓的灰头鸫形成鲜明对照。有一只更顽皮，直接跳到灰头鸫雏儿身边去，歪着脑袋瞪它，似乎有所企图。除了欺负弱小，还能做什么？灰头鸫雏儿便知趣地趴到灌丛下，不敢动。原来依旧是一个不谙世事的胆小鬼，尚不知叛逆，不懂周旋，于是我便又可怜起了它。

灰头鸫其实和灰喜鹊一样大，不过它的尾巴没有灰喜鹊长。灰头鸫在草地上走，总是冲锋似的低头朝前走几步，然后猫鼬那样抬起头来左右观望，接着再走，再抬头，是种很警惕的鸟。灰头鸫嗓音清亮，叫起来如同小孩子打口哨，它将窝筑在高大树枝上，轻易看不见。那只被灰喜鹊吓唬了的雏儿后来飞到树枝上不出来，灰头鸫妈妈便将蚯蚓盒饭似的带到树枝上：它啄出一条蚯蚓，猫戏弄小老鼠那样将蚯蚓甩来甩去，直到蚯蚓僵硬不动，将其放在地上，再啄一条，然后将两条蚯蚓一起衔起来飞到树丛中去。

有一次，几个朋友聚在一起谈父母与儿女之间的关系问题，我们是同样的七零后，一交流，才发现对此问题所持观念截然不同。我所希望的，是在彼此尊重彼此平等，父慈子孝的亲情基础上，不附加过多东西，譬如父母们不必认为儿女必得报答养育之恩，儿女们，不必因为未能报答而陷于种种自责，自然，彼此关爱是前提。我如此认为，或许是因为早习惯独自来去，然而后来读村上春树的《假如真有时光机》时，又觉得那些居住在冰岛的海鹦过于绝情。那些有着小丑一般面容的海鹦,一年中有七八个月的时间在海上飞，春日来时，它们便来到海边断崖上筑巢，它们群体生活，却又严格保持一夫一妻制。育儿自然兢兢业业，然而雏儿长到八周，尚未学会独自捕食，父母毅然将其遗弃，飞去远方。孤儿等不来父母和食物，只能从巢穴蹒跚而出，试着拍起翅膀，到大海上寻觅食物。然而大海苍茫，风云难料，找不到食物，飞不出巨浪，海鹦的许多雏儿因此死去。

对比一番，觉得还是灰头鹎这样的父母终究要好些，即便它们常常让自己的孩子游手好闲。

布谷

2019年6月8日

记忆中，布谷鸟总在端午时分到来，隐于丛林深处，不肯轻易现身。若要去找寻布谷身影，不过徒劳。即使它偶尔现身，也只是以影子模样，从这棵青杨飞到另一棵青杨。这么多年过去，无数次行经山林，我也只见过布谷鸟几次，每次都是迅疾的一道灰褐色身影，仿佛隐入绵山的介子推。布谷鸟啼叫，带一些环绕声效果，不知何故。一次，在青杨林中，我分明听见布谷鸟就在我身边啼叫，好似左侧，走到左边，又好似右侧，到右边，好似又在前面，如此在林中寻觅转圈，最后发现布谷鸟就在头顶树枝上。

平林漠漠烟如织，高原的青杨林搭布谷鸟，好似宋词出现婉约派。毫不吝啬的，是布谷鸟的啼叫，朝暮，或者雨后，自青杨深处传来声声叫唤，清幽寥寂，满怀思绪，让人想起周邦彦的那阕《西河·金陵怀古》：

佳丽地。南朝盛事谁记。山围故国绕清江，髻鬟对起。怒涛寂寞打孤城，风樯遥度天际。

断崖树、犹倒倚。莫愁艇子曾系。空馀旧迹郁苍苍，雾沉半垒。夜深月过女墙来，伤心东望淮水。

仿佛“怒涛寂寞打孤城，风樯遥度天际”，布谷鸟的啼叫，给人无限怅惘，同时带一些空旷的莫愁与淮水景象，哀痛之外，一番疏荡悲壮。

长时间待在家中，没有太多事情可做，期待的，无非是春季花开，夏日响起一些不大不小的雷声，秋天细雨连绵直到人恼，深冬雪飞。在此之外，如果外出还能撞见一些意象不到的事情，譬如走路时见到不认识的草木，大街上看鸟雀在车流中飞过，遇一只流浪猫或者流浪狗，到小卖铺买火腿给它们吃，或者做一个花木繁茂情节离奇的梦。然而这样简单的事，竟也不一定遇到。大约这些期望并不依赖于自身的缘故，如果我所期待的事，并不依赖外力，而是全凭热情，一若年少时期，不知还会怎样。但我唯一明白的是，现在我所坚持的事，已经越来越少，仿佛薄暮，日光之后，星辰寥落。

丁酉年五月的一个午后，出门沿大街往附近小山上走。这座小山原是一座公园，建有几座凉亭，引有一处活水，后来不知何故突然荒芜。草木凌乱，道路凹凸不平，几座供游人休憩的茶庄，已梁柱坍塌，院墙倾颓。更不可思议的是，山下几家别墅，也似人去楼空，荒草盈阶，杂木纵横，流浪猫时常出入。不过到底曾经是公园，路旁栽植有大丛连翘和丁香，虽然花季快要过去，连翘的花瓣在阳光中稍显老态，但丁香的芬芳还是阵阵袭来。

跟着别人家的小狗往高处走，忽然就听见近处林子中布谷鸟幽幽啼叫。扭头去望，山坡果然一片青杨，长势牵强，它的四周围绕一些其他树木，仿佛正在蚕食青杨。在高原，青杨毕竟显得土气，木质也不紧密，人们更愿意栽植松柏之类有气节风度的树木。以前我曾认为青杨是高原的土著，后来有专业人士解释，青杨也是一种外来物种，真正的高原土著树木，已经像印第安人那样退守到林子深处，很少见到。布谷鸟从瘦瘦一片青杨林中送出它的歌声，仿佛世界上最后一位诗人站在那里吟诵他的作品。

想着是端午节快到了，拿出手机一查，果然已是农历四月十八。有点意外，这个端午节竟然来得这样快。

意外近距离看见布谷鸟是今年的事情，那是五月初六，端午节刚过。傍晚时分，在小区院子散步，沿长满红豆草的甬道慢走，听到布谷啼叫，扭头看见一只布谷鸟站在路旁的矮墙上。由于逆光，只看见蓝灰色布有白斑纹的一个瘦长身影，它啼叫时，打开尾羽，并且一边叫一边晃动尾羽，像提着裙子摇摆着唱歌的女佣。离它不远，站着另一只布谷鸟，棕褐色，尾巴短，身形小，不出一声，有点呆。怕吓走它们，屏住呼吸，一动不动，只用眼睛贪婪地打量。可是它们停留的时间没超过一分钟，而后双双飞走。当我再次听到它们啼叫，循声过去，发现啼叫的蓝灰色布谷鸟站在电线上，那只不出声的布谷，则站在靠近电线的另一截矮墙上。

布谷鸟性情孤僻，喜欢独自来去。但现在，我见到了一对布谷鸟夫妻，颇有孟光梁鸿举案齐眉的模样。据说布谷鸟始终保有个性，唱歌的，永远是雄鸟，雌鸟则闷声不语，仿佛对世事早已见怪不怪。

北红尾鸲

2018年6月10日

坐在白杨树荫下休息，槐花清芬忽浓忽淡，仿佛远处有人正一把一把将它们散播。本来是上山看鸟的，但午后慵懒，鸟都藏在树叶后面，看不见。白杨树林中倒是有只小白狗，跟主人来散步。只是那狗，乍看上去，并不像狗，而像一只兔子，或者女孩：一双玫瑰红的耳朵和一条玫瑰红的尾巴。小女孩和兔子都惹人怜爱，但有着红尾巴的小狗实在滑稽。我以前曾感叹没有将自己养过的那只白猫染成粉色，现在一看，觉得还是当初的自己明智，如若真将它给染红了，岂不是给世间又添一个怪物。

其实说不见鸟未必是真，麻雀们三三两两在身旁跳跃，不过我很久没将它们当鸟了，它们更像患了多动症的孩子，到处跑。此前登山的小路上，积有昨夜的雨水，麻雀们跑来喝水，褐色的弹丸一样，怕打扰它们，绕开走，偏有一只跳到我脚跟前，歪起脑袋将我观望。我有什么好看的，标准的一个人，身体瘦弱，五官齐备，一条破牛仔裤加双运动鞋，不过今天稍有不同，刚刚洗过的头发不听话，在耳朵外翻成一把卷起的草。

午后的林子，树木都在午睡，风藏起来，像一个小孩子跑到远处去玩。太阳也睡着了一般，只将光线洒在树冠表层，树下的草，明明暗暗。稍远处，是一些骆驼蓬和翻白草。骆驼蓬一旦开出白色小花，便不像荒漠植物，虽然叶子还是针形；翻白草匍匐于地面，几乎就是常见的委陵菜，只是黄色花朵要袖珍一些。再远一些，大丛金雀花已经结荚，金棕色荚果吊在枝梢，仿佛它们开出的另一些花。

《乐府诗集》里说：郁金黄花标，下有同心草；草生日已长，人生日就老。其实我已经很少感叹人生如白驹过隙，过便过了，何惧何忧。

浓荫蔽日的林子边缘，是一条较为宽阔的小路，它弯曲而过。路边有人将一根粗大的枯木搭在树桩上，树干缠一条旧去的腈纶毛毯，成为座椅，大约护林人用来日常休憩。不闻人声，山林愈显幽寂。本欲继续向前，拐过弯，去小道的那一边，一只小鸟却飞过来，落在路上蹦蹦跳跳找虫子。鸟在前面，很有些此路为我开的意思，不过模样大方磊落，不像路霸之类，我便退到枯木椅子上等它先吃饭。

一只雌性北红尾鸲，灰褐色上衣，浅棕色下装，尾部一点金棕算是装饰，描两个白色眼圈，双翅尖上沾一点积雪似的白。原来是鸟妈妈，中午都不肯休息，辛辛苦苦捉虫喂孩子。唯恐虫子不够，捉了一只，衔在嘴里，又去捉一只，第二只衔在嘴里时，第一只并没有掉出来，高超的技巧。我看它细长的腿完全可以一步一步迈开八字来走，但就是要跳，跳几步，歪起脑袋看一眼四周。等到虫子足够多，一拍翅，飞到路边树林里去。

我知道它还会来，这种感觉确定无疑。有时候，这样的预感并不完全来自经验和一只鸟的习性，它就是那样神奇，让人迷惑。我一边等，一边拒绝午后的昏昏沉沉。没过几分钟，它果然又来到我面前的小路上跳，并且步步向我靠近。那么，两次之后，会有第三次，以至第四次。第三次，它终于带着鸟爸爸过来。

为什么鸟爸爸不打扮也那样漂亮呢？衣服搭配合乎美学原理，色泽深浓亮丽，一领金棕色长袍，外罩蓝褐色短褂，又系灰白色斗篷，翅尖两点苍山雪，尾端一抹玫瑰金。

它们在阳光下劳作，时间忽然变得悠长，并且柔软。时间在此刻使人成为风景的一部分，没有罅隙，不显突兀。仿佛水珠回归河流，云气回归山峦，时间同时使自己如羽毛轻盈，如文字具有意义。

“绿树阴浓夏日长，楼台倒影入池塘；水晶帘动微风起，满架蔷薇一院香”，想一想，在山中，何必要水晶帘动，何必要楼台倒影，有这样一家过着安稳日子的小鸟在身边，不嫌弃你，不避讳你，你的快乐已经足够。

白鹡鸰

2018年6月12日

天阴沉的时候，杨花旋起，仿佛一场冬天的雪早早来临。其实，在过去的许多冬季，青藏高原的雪已经很少，即便来临，雪片也似乎被一架大型碎纸机一一粉过。春日之后，不管人们多么忙碌，天气放晴的时候还是居多。天空一旦与大地分离，阳光便如泛黄的草纸将城市包裹，树荫在人行道上摊开，一脚踏上，如坠深渊，空气中丁香的芬芳也已被爇熟。杨花不怕一次又一次纷扬，不怕坠落他处。车流之中，行人前后，它们慢悠悠地飞，飘落，直到将世界弄得一派迷蒙。

它们同时将世界的速度放慢。所谓世界，此一时，也不过是大街上熙攘的车流，是年轻女子裸露的脚踝，是麻雀雏儿不知饥饱的啼叫，是鸢尾花在树荫下幽幽的蓝。在这样的世界行走，每前进一步，都仿佛在推开一扇门。这扇隐形的门异常厚重，有着流水的质地，风的力。随着门打开，门两侧的事物纷纷后退，一直向远处，仿佛退潮的水，返回大海深处。

事物如此退去的时候，我看见一只白鹌鸽，在广场上跳舞。确切地说，它是在离地面不足一米的空中波浪形飞翔：向前飞半米，然后下降，蜻蜓似的点一下地面，再跃起，飞出一段弧线，再点，再飞，蓦然看去，仿佛孩童抛出的一粒黑白色弹珠。广场上许多闲人，但没有谁注意到它，仿佛它已隐形。

无异地，在这个放慢速度的夏天，公交车也是缓慢的。公交车一直往前开，越过一排树冠庞大的银白杨，越过无人站牌，越过树荫下行走的背包客，可就是追不上在广场边起舞的白鹡鸰。我有些恍惚，觉得我的时间和白鹡鸰的时间不对等，我们应该在两个不同的时间体系中，尽管我们可以彼此感知，可以出声，可以瞥一眼而无动于衷。

《搜神记》中，那个名叫蓟子训的人，应该也像一只翩然翻飞的白鹡鸰，来去自如，但无人知其出处。他曾经在东汉时期的洛阳现身，与百人宴饮，魏齐王的时候，又出现在长安灞城，见他的人，如此叙述："见与一老公共摩挲铜人，相谓曰：'适见铸此，已近五百岁矣。'见者呼之曰：'蓟先生小住。'并行应之。视若迟徐，而走马不及。"

视若迟徐，而走马不及，仿佛我与夏天的这只白鹡鸰。

白鹡鸰喜欢滨水而居，缘何喜欢，大约除却水边有某种它喜欢的小虫子外，应该再无其他理由。《贝多芬传》记载，贝多芬在海利根斯塔特一条山谷旁的小溪边漫步时，曾对辛德勒说：“我就是在这里创作了《在溪边》（田园交响曲第二乐章），黄鹂、鹌鹑、夜莺和杜鹃，都鸣叫着，我把它写进乐曲里了。”《在溪边》怎么会少了有“浣衣女”之称的白鹡鸰，要知道，白鹡鸰也是一种分布在欧洲的鸟类。

小时候常见的鸟就是白鹡鸰。身材修长的黑白色小鸟，总是独自蹀躞在水边的草地，有时也跳到水中的石头上，朝水面低下头去喝水，或者在水中啄食。它有着幽幽的黑眼睛，憨厚的小嘴巴，不怎么怕人，我们叫它花石头。那时，我似乎也总是独自游玩，摘凤仙花——它总是长在靠近水岸的草滩上，拔一种比小指还细的水萝卜，翻开石头，看藏在石下的蚂蚁四处逃窜。有时，脱掉鞋子，将脚探进河水，那是来自高山上的泉水，清澈冰凉。花石头不会经常遇见，我沉浸在自己的游戏中，偶尔抬头，大多时候，看见的，只是远处高耸的青山与近处横亘的松树林。那时，“脊令在原，兄弟急难”的诗句更是无从得知。

关于白鹡鸰，曾从朋友那里听得一个故事：一只白鹡鸰飞翔时从一面汽车后视镜中看见自己的身影，于是停下来，攀住后视镜，歪头歪脑，种种揽镜自照。

如果白鹡鸰知道镜中那只鸟就是它自己，这个世界会怎样？

鹧鸪

2018年6月14日

鹧鸪让我想起的，是慈爱的人间母亲形象，而不是文学作品中“我今誓死不能去，哀鸣惊叫泪沾衣”的怀南鸟。人们都明白，“胡马依北风，越鸟巢南枝”不过是鸟在严寒的自然环境中形成的一种习惯，与志气与忠贞无关。鹧鸪虽东西回翔，然开翅之始，必先南翥。其志怀南，不思北徂也，大约也是如此。抛开文学形象，大地上的鹧鸪，敦实而微微发胖，棕褐的羽毛，似乎将所有亮丽都送给了家人，红褐色虹膜，仿佛因为熬夜而布满血丝，更主要的，它强健的脚爪，显然是为了这个家日夜操劳而变得粗大。可是鹧鸪为什么要叫“行不得也哥哥”呢，某次去山中，想听个明白，爬了半面山坡，又在山下丛林来往几次，都没听见鹧鸪叫。也是，以前在山中游玩那么多年，都不曾注意到鹧鸪叫，这一时兴起，想听就能听见，世间哪有这般便宜事。于是在网上搜，果真有段视频，不见鸟，只听得鹧鸪在叫，一两声，确实在说“行不得也哥哥”，而且还将“行不得也”与“哥哥”分开来，重音放在“哥哥”上。将那段不知为何人所拍的视频连续放几遍，视频质量不太好，画面模糊，近景一地杂草，远景横一带灌丛，还夹些不是风的杂音，要等待十几秒，才听见鹧鸪叫。不过细看那段视频，倒也有种“曲终过尽松陵路，回首烟波十四桥”的味道。

一场感冒后，去山野散心。说散心，不过是坐在车里，在山路上慢慢走。有些路太熟，不想重复，便拣更偏僻的山路走。有时，一条路走到尽头，回过头，继续走。无人迹的山野，空气清冷，植物长得繁茂，山花随意开，小云雀和百灵在高空蹿上蹿下，鸣声清越。如果有小雨，青山隐进云雾，路面湿漉漉的，有时积着碎镜子一样的水。通常都会遇见些熟悉不熟悉的小动物：灰兔蹲在路中央，雉鸡在草地觅食，鹡鸰鸟蹀躞水畔，旱獭在远处山坡上突然直起身子。鹧鸪就在这样的山野中，我见到它时，它正带着五六只雏儿在路边前行。突然看见，太惊喜，没顾得细看毛色，只记得褐色中带些黑白斑纹。应该是鹧鸪妈妈，很谨慎地在前面带路，看不清雏儿眼目，只是毛茸茸一团，一只只排着队，很整齐很听话地跟在妈妈身后。我从车里跳出去，踮起脚轻轻往前挪，企图看得更清楚一些，还是惊动了鹧鸪妈妈。它很快改变路线，一转身，毫不犹豫走进路旁草丛。都是野草，长得高，披头散发，不一会儿，队伍就隐进去。我站在原地眼巴巴地等，希望它们再次出现，可惜一直没见影踪。

查一些资料，说鹧鸪遇到惊吓会迅速躲到灌木丛中，想来不假。

温庭筠填词，喜欢标举精美名物，水晶帘、玻璃枕、金雀钗、鸳鸯锦，大约与他所写的宫廷生活有关。他写女子晨起，懒懒梳洗，妆后顾镜，花面相映，尽管无人欣赏，还是穿起贴有绣花的衣裳："新贴绣罗襦，双双金鹧鸪"，古人绣什么不好，偏要绣成对的金鹧鸪。"江晚正愁余，山深闻鹧鸪"，要知鹧鸪啼声清苦，成为爱情的象征，总有些长别离难相聚的不吉祥。

鸳鸯也是，鸳鸯的爱情一点都不忠贞。某次，我看水面上的鸳鸯，三只游在一起，两雄一雌，那可不是男权社会的妻妾成群。三只鸳鸯带些讽喻味道，酒吧里厮混一般，在水面游一会儿，又振翅起飞，在半空转来转去，然后远遁。

既然鹧鸪喜欢成对生活，这便麻烦了，形影不离如漆似胶的鹧鸪，突然有一只对着远方叮嘱"行不得也哥哥"，岂不闯了大祸。

1938年，乔治·奥威尔旧疾复发，去摩洛哥疗养，他写于此间的日记中，有一则如此记录：

昨天，一共有3只金丝雀、1只公鸡和2只母鸡站在电话线上：

1号金丝雀："来点面包。"

2号金丝雀："来点面包。"

1号金丝雀："来点面包。"

2号金丝雀："来点面包。"

3号公鸡："奶——奶——奶——奶——奶——酪！"

你看，原来鸟是什么话都敢说的。

戈氏岩鹀

2019年6月17日

南窗前横过的一道山脉，不险峻，也不蜿蜒，仿佛古代遗留的一截城墙，现在倾颓破败，荒草披离。夏秋两季，景色还可一观，墨绿与明黄，悬疑小说般反转，冬春时节，则一贯浅山寒雪，瘦到令人绝望。山的断裂处，露出远方青山一角，隐隐白雪覆盖，时有烟岚生起。我曾在那座高海拔的山上走过，那里风雪变幻，黑色牦牛点状散布，羊群来去，秃鹫和猎隼长时间盘旋。好几次，想去爬窗前那座山，有一次甚至已经走到山下，却因为阳光暴烈而返回。

然而有一次当我终于走到山上，展眼去望时，那座山给我的表象瞬间变化：它绝不像它的侧影那般单薄，也不呆板。它不仅在长度上延伸，也在厚度和宽度上延伸，如此，以至于山之上，又是一片起伏不定的荒原。城市在山下，仿佛搭建的积木，街道隐去不见，市声同样消失。从高处和远处看，山谷里的城市更像一个长条形的壳，你可以暂时逃离、逍遥，但夜幕降临，必得回去，因为你已是其中角色，无法出走。

由于干旱，天然林早已不在，现在生长的，是累年栽植的云杉、油松，以及丁香山桃等花灌木。依赖人工浇灌，有些树还是死去，成为枯木，更多的树木艰难成活。没人踩踏，野草葳蕤，草丛中已经干燥的兔子粪便浑圆如手工雕刻。有一段路，云杉长得特别齐整，大风过时，阵阵松涛。少年时代听过的声音，居然可以再次聆听，这让人长时间徘徊。

一处稍显平整的洼地，以前是村庄，现在村庄搬迁，留下残垣断壁。显然还有一户人家固守原地，红砖院墙，房屋俨然，杂物堆在墙外。一只藏狗见到我们，绷起铁链狂吠。废墟旁边，一个池塘，并不清澈的水积在里面。不像地下水也不像冰雪融水，更似人们一点点挑来的水被长久储存。这些水肯定是村庄曾经的生活用水，人畜共用。水池另一边，是更破败的一个低矮简易棚，羊群围着房子，两只大公鸡低头觅食。

三只戈氏岩鹀在唯一一株山柳树上鸣叫。我看到它们，费了些许时间。它们的羽色也是树枝的色彩，这个早春时节，树叶尚未泛绿，它们在树枝上，几乎隐去不见。起初以为是麻雀之属，当它们飞离树枝，到水池边喝水，洗澡时，才看清原来不是。它们的身形比麻雀稍稍纤长，更接近三道眉草鹀，它们的顶冠纹灰白，脖颈灰白，像长了大把白胡子。和三道眉草鹀一样，这也是一种不愿尾随人类生活的鸟，它们更愿意离群索居，固守沟壑深谷。

除去我们，山上再无行人，走很久，以为眼前这条路会将我们引到山的另一面，到另一个地方去，但是路突然中断，一些植树者身穿鲜艳黄马甲，在路旁忙碌。他们栽下的，仍旧是云杉和油松，他们同时将一丛丛荒草割掉。除去那三只戈氏岩鹀，再没见到其他鸟类。我原本以为这样人迹稀少的山上，鸟儿会更多。原来不是。

据说藏鹀鸣叫起来，跟戈氏岩鹀相似，短促的啾啾啾，不耐烦似的。我从没见过藏鹀，觉得见到它的可能性微乎其微。它是一种珍稀鸟类，见到的人本来不多。我曾与一位来自牧区的摄影师聊天，他打开手机图库，让我看他拍摄的藏鹀图片。照片里的藏鹀，栗色的背部很鲜艳，跟戈氏岩鹀相似的是，它们上下喙的切合不够严密而留有缝隙，这使它们似乎掉完了满嘴的牙，尽管它们原本没有牙。

摄影师还告诉我，藏鹀一般将巢筑在牛蹄印里，简陋、粗糙。很遗憾我没有记下摄影师的名字。

有一次，在湟水河河畔，遇到灰头鹀。它们明明娇小玲珑，适合跳跃嬉戏，却站在枝上不肯多活动。大约在几分钟时间里，它们只从一棵树移动到另一棵树，明显是鸟中树懒。不过那天的雄鸟还是显得兴奋，因为正是早春。它一边鸣叫，一边耷拉下双翅，撒娇那样不停抖动。它的嗓音清脆，儿时吹过的哨子一般。它浑身着色简洁明快，脖颈灰，肚腹黄白，肩背橄榄绿染点赤褐。与那只灰头鹀相比，戈氏岩鹀简直是鹀类中的铜锤花脸。

红嘴山鸦

2019年6月18日

红嘴山鸦是我既熟悉又陌生的鸟。说熟悉，是因为自我知道这个世界上有鸟，便知道有红嘴山鸦存在，与喜鹊、乌鸦、麻雀一样，理所当然地出现在人们的视野中，可以飞，也可以迈着八字漫步；说陌生，是因为它很少靠近村庄，它只在远处山头盘旋，或者在嶙峋的岩石间出没，仿佛画布上一些似有似无的装饰。我从没有像看一只麻雀那样近距离看过它，自然，也从没有像害怕乌鸦那样害怕过它。

怎么会害怕乌鸦呢，仔细想，也没多少原因。初中时候，到县城读书，在金盏菊怒放的院子里，曾经被一只白色大公鸡攻击。据说那是只“电鸡”（即人工孵化鸡，当地人称人工孵化鸡为电鸡），异乎寻常地高傲，充满斗志，我并没招惹它，只是走自己的路，它突然拍着翅膀冲过来，双脚一跳不分上下就乱啄。院子里没有其他人，我护住脸，往屋里跑，它便追，直到我将门关上。似乎也没受伤，但回想起来，确有毛血纷飞的惨状。那之后，我见到公鸡自然要远远地躲。乌鸦没有啄过我，也不曾将我穷追，但我在仔细看一只乌鸦时，还是会察觉到一些森森凉意：那懂得分析判断的眼睛，那有金属光泽的蓝黑色羽毛，那来自文学作品的象征和隐喻，那自体内透出的某种凌厉，似乎都有，又不尽然。实际上，乌鸦是一种深受误解的鸟，它本性与其他鸟并无区别。人强加给乌鸦的黑，或者从乌鸦身上看到的黑，正是人内心的黑。

看红嘴山鸦，却能看出一点喜气，不仅是因为那玛瑙一般的朱红色嘴巴，那一对红爪上的黑色趾甲，还有那神态——它比乌鸦要活得轻松许多。

六月的一天，在祁连山中，我坐看四只红嘴山鸦在山顶盘旋，盘旋时间竟然持续四十多分钟。那天天气不好，阴晦，云在山头堆积，雨躲藏于空气中。环视，除去天空，满眼皆绿。起先偶然看见几只鸟在山顶盘旋，以为是雀鹰，没有理会——它们总在天空盘旋，搅动的芝麻粒一般，搜寻目标，之后定向飞去。雀鹰在天空绝不浪费时间，然而眼前的鸟，它们在盘旋之后，并没有朝某个目标飞去，而只是旋转，仿佛随风飘举，任意西东。后来听到它们啼叫，尖锐的前鼻音“啊——啊——”，那绝不是乌鸦在叫，乌鸦总是后鼻音，带一些浑厚，有时还要腹腔共鸣，仿佛一件大事已经结束，感慨之余，一声喟叹。只有红嘴山鸦能发出这种叫声，仿佛一件大事在预料之外发生，震惊之际，一声尖叫。

至于雀鹰，我从没听见过它们在飞翔时啼叫。

我坐在水边的石头上，这些自山顶被洪水冲下的石头，已经斑驳出浅黄深褐的石衣。之前，我用手机拍下一块椭圆形石衣，将照片发在微博上，说，石头上摊出的鸡蛋。一位没有来过高原的朋友信以为真，仔细询问，并说起"煮石初烂，烧丹欲成"的故事。现在，白石自然没有人去煮，相看两不厌的事情，也应该愈来愈少。这样坐着，继续看那四只盘旋的红嘴山鸦，联想起以前所见的红嘴山鸦，忽然明白那是两对情侣。

我以前所见的红嘴山鸦，不论是登山者一般攀爬在崖壁，不论是意象一般从山间的某处阴影飞出，不论是蹀躞在河滩水岸，都成对出现。便是啄食——有一次，我用望远镜看见一对红嘴山鸦在高山草甸上撕咬一只死去的小羊尸体——两者之间还是保持着和谐亲密。

它们虽在同一山头盘旋，但一对与另一对情侣之间，始终保持一种距离。这种距离并非线性界定，而是情侣之间的彼此紧密相随。这样，其实是两对情侣在各自嬉戏，盘旋的图案即便错综复杂，也不见有错位发生。

有时候想，人类真是愚钝，当两只相似的鸟一起飞翔，除去参照，人们根本分不清谁是谁。三十多年前，我家曾经养过一群鸽子，起初是两只，檐下筑了窝，来来去去，颇为逍遥。那时年少，不懂得观察它们是否恩爱，也不清楚哪只是哪只，反正总归是鸽子，也没有名姓，如果傍晚檐下只有一只鸽子，抬头看见，念叨一句，少一只，再不理会到底是哪只。后来鸽子养儿育女，数量增加，更区分不出甲乙丙丁。它们习惯去外面觅食，不过每天傍晚它们都会得到免费晚餐：我在地上撒两把青稞，“咕咕咕”一声呼唤，它们便飞来一步一点头地殷勤啄食，每一只都似乎是另一只。

记得有人说，只有麻雀是他乡故知。今日突然想，其实麻雀也不是。我们与麻雀，也始终只是彼此擦肩的过客，因为你从来没有和同一只麻雀重逢过。

贺兰山红尾鸲

2018年6月19日

早晨九点多，去北山国家森林公园的路上，下车休息时，遇见一只贺兰山红尾鸲。

起初被它的羽毛吸引。它的胸部和背部橙黄，肚腹以及尾巴底部皆为橙褐，头颈部蓝灰，双翅黑褐夹白斑，这是一种鲜艳的色彩，即使它快速飞过，日光迷蒙，一切色彩都被稀释成汤，这种橙黄还是如一朵艳丽的花跃入眼帘。童年时候，经常见到一种名叫火焰焰的鸟，小而圆滚的身材，背部灰褐，肚腹的橙黄使人惊艳。它们很少到村子中来，也不像白鹡鸰那样蹀躞水畔，它们出现，始终是一道艳丽剪影，“浓绿万枝红一点，动人春色不须多”，让人过目不忘。童年时候见过的鸟，大多灰蒙蒙的，不是黑便是褐，麻雀和乌鸦喜鹊之类居多。那时对鸟不感兴趣，火焰焰飞便飞过，看一眼，权当那是飞动的一团火焰，后来知道，那种鸟叫红尾鸲，青藏高原常见的一种鸟，它安静时尾巴不停地上下抖动，仿佛患着某种疾病。

眼前的鸟确实是一只红尾鸲，但又不同于以往所见的黑喉红尾鸲和北红尾鸲，决定将其看得仔细。

起初它的活动范围只绕着一株矮小的柏树，且有规律：在柏树顶端的枝梢站一会儿，然后飞到树下草丛中，逗留一两分钟，再从草丛飞起，站立于枝梢上，也不鸣叫。当它站立于枝梢时，仿佛一位侦察员，左顾右盼，引颈眺望。从相机的长镜头中，可以看清它黑褐色翅膀上的几块条形白斑，眼周一圈白，小嘴巴尖尖细细。鸟儿站在最高的枝梢，如果不鸣叫，便有其他目的，它们的安全意识足够高，绝不会站在容易暴露的地方休憩。后来，它离开树梢，穿过人群，飞过公路，到另一边的山坡上去。

日光明澈，空气清冷，游人忙着拍照。远山叠嶂，烟岚缭绕，峰顶积雪隐约可见。这条路我已行经多次，四季之景皆已熟悉，然而每次见到，都觉另一番风景不同往日。此时头花杜鹃盛开，背阴山坡，一片紫红延展。向阳处，则成为白色花海，那是甘青瑞香和蒙古绣线菊在绽放。如果再过一两星期，小檗开出花来，向阳山坡又一片明黄。依稀见得山谷一座小小帐篷，黑色大狗拴在旁边，牦牛也在那里，或卧或行，却不是早年常见的黑牦牛。这些花白色牦牛，体形偏小，似乎尚未长成，神态也不怎样高傲。世事真是万变，前两年我还记得这些山坡上攀登着白色山羊，此时却兀自多出这许多袖珍牦牛来。

如此看看山色，忽又发现那只小鸟已经飞回，依旧站在最高的柏树枝梢上四处观望。这次我看得分明，它嘴里正叼着一只白色虫子，毛虫之类。它观察片刻之后，一俯身，飞进树下灌丛中。

之后，它重复此前行为，又飞到公路一边的山坡上去。如此往复几回。

我于是明白树下定有它的雏鸟。小心靠近，果真在树下灌丛中看见三只幼鸟，毛茸茸灰褐色一团，眼睛黑溜溜如几粒宝石。见有人靠近，原先正在地面蹒跚前行的一只后退回去，三只挤在一起，胆怯地将我打量。

我也是心地柔软之人，养育女儿几度艰辛，怎会将它们打扰，于是速速撤离。

贺兰山红尾鸲，顾名思义，它的主要分布区域在宁夏贺兰山。此外它也活动在大西北的其他一些地方，是中国特有物种，属于罕见鸟。在青藏高原遇到罕见鸟，我便有些兴奋。人所期望遇见的，各有不同。我在青年时，有一段时间希望遇见感伤的事，后来便有这样的事一一坐实，于是害怕，不敢乱奢望，慢慢地，人就这样实际了。再后来我所希望遇见的，都已低到尘埃。

读到一篇写于 2002 年的文章，说作者去贺兰山看贺兰山红尾鸲，没见到，就连贺兰山保护区的管理人员都没有见过。有些奇怪，这种鸟，也许我在小时候就见过，相隔不远的贺兰山，它的故园，怎会反而没有它的身影呢。它是否果真如游子一枚，一出走，故园从此依稀旧梦中，若是真这样，在异域，当它们相逢，彼此是否会问：寒梅著花未?

图册上，贺兰山红尾鸲的雌鸟羽色素朴，以褐色为主，上体褐色较重，肚腹褐中带灰，翅上一点皮黄色块斑。原来刚才辛勤哺育孩子的贺兰山红尾鸲是个年轻的爸爸，它们的妈妈去了哪里?

资料还说，至今都不知道贺兰山红尾鸲的鸣叫声是怎样的。想起刚才那只，它果真时刻沉默，似乎那小小嘴巴只为了吃饭和喂养孩子，至于其他，则属多余。但是，一只鸟儿不歌唱，该有多悲伤。

凤头百灵

2018年6月20日

云从幕布厚重的天空垂下，遮去山头，阴沉使山的青色愈加深浓。远山如黛，现在，远山已在我面前，如果伸出手去，甚至可以触摸。但没有一座山是可以触摸的，如同没有一片云可以用来裁制衣裙。你只能身在其中，成为它微小的一部分，这注定你无法与山齐肩，无法与云同游。山下许多田地已经退耕，依稀可辨的旧日轮廓中，遗留的种子又长出植株。这已经是不会被收割的庄稼，仿佛游子天涯。庄稼的命运也是注定的，如果少去四时耕作，便是全然的杂草一片。好在植物不懂计较，如若植物也如人一般，爱恨情仇，全然算计，想必世界早已乱作一团。

清冷，而又寂静，仿佛不是六月将尽的样子。惯常的六月，是樱桃挂在枝头，是蔷薇高过槿篱，是牛蒡蹲在泛着白光的路口。便是山里，惯常的六月也是杜鹃怒放，云成为动物模样，鹰在天际，放牧的羊群找寻阴凉。但现在，时间仿佛退回到早春，寒凉凄冷，没有风，天地能拧出水来。此前的雨，已将原野洗得油绿，尚未退去，另一场雨，已藏在云和空气中，似乎只要一个手势，一声号令，它们便会刷刷落下。田地之间的路已被打湿，水积在凹处，映出另一片暗色天空。在这样的旷野，我看见凤头百灵，静立于田埂。

我是在相机的长镜头中看清那是一只凤头百灵的。青稞长势旺盛，一只鸟落下来，如同将一片叶子扔进森林。起先我在看上下翻飞的小云雀，在镜头中，它们只是快速移动的黑色剪影，因为翅膀振动的频率太快，看上去，它们的飞翔仿佛在炫技，又似乎在迷途之中，一次次找寻出口。它们的鸣叫从空中传来，带着飞翔的欢乐。将镜头从空中下移，看到远处村庄，青杨，看到近处黑白分明的蚕豆花，以及坡地上浅紫的马先蒿，然后看到一只凤头百灵。

它背对我，侧着头，这个角度，正好突出被黑色纵纹的羽冠，高耸醒目，仿佛古人的高冠，带些威仪。它挺起黄褐色的胸，下弯的喙也微微翘起。它颈部蓬松的羽毛，仿佛堆起来的大氅衣领。它始终保持不动，目光专注于左前方。遮住它半个身体的青稞叶子上，雨水如同珍珠，镶成圈。高冠博带，金剑木盾，这是一位举袂若仙的高士啊，我暗自赞叹。

鸟都带些神经质，它们总有一些看似多余的举动，尾巴不停地晃，走起路来啄米一般乱点头，唱歌时颤动身体，抖羽毛，甚至在休憩时，也要走火入魔般惊跳。又因为胆小灵动，惯常的鸟，似乎都处于凡俗的动态生活中，唯有这只凤头百灵，此时保持着画面似的高贵。

文字中的高士见得多了，渐渐怀疑。并不是怀疑这个体曾经的存在，而是怀疑作品的呈现。文字总要带些修饰成分，有意无意地，仿佛涂了一层橄榄油。文字会使一个隐于林泉的高士丰满，细节毕现，会予他们以光辉，但我更怀念悄无声息的那一个：在庞杂而又幽微的时间之流里，他们行吟，或者沉寂，无人问津。

如果不是经常行走原野，便无法分清凤头百灵和小云雀的鸣声。小云雀即便唱起歌来，声音也很急促，仿佛天敌尾随其后，或者一口气不吐不快。凤头百灵的鸣声则要和缓许多，吐字也较清晰，中间还要加些颤音，典型的歌唱家，表情达意，十分到位。单听它们的鸣声，似乎便能知道它们的寿命，小云雀一生紧张，自然血尽早亡，凤头百灵朝夕悠游，自然享有足够时日。当然，是不是果真如此，无法得知。

我也遇见过积极入世的蒙古百灵。在广场，它的主人将它搁置一旁，自己和几个老头打纸牌寻欢，它在笼子里，一点都不生气。它似乎并不想到笼外去，尽管那一时笼外春色正浓。我挨着笼子蹲下，想探究它脖颈的黑领结如何打出，还有那长得过分的后爪，能有什么用。蒙古百灵本来就无所用心地乱鸣啭，见我坐下，突然起了兴致，开始各种表演。那果真是一场演出，笼子是小小舞台，观众只有我。我试图记下表演者有多少技能，记来记去，结果将自己记糊涂：在半小时里，蒙古百灵似乎没唱过一句重复的歌。

要知道，那只蒙古百灵的小嘴巴含着无数露珠，它一开口，露珠便成串滚下，在草叶上、岩石上、花瓣上，在小兽起伏的肩胛上，高高低低地跳。

鸬鹚

2018 年 6 月 21 日

夏至日，行至湟水河岸边的丛林，见有人将鸟笼半浸在池水中。水从地下引出，泠泠有声。水池不大，水底砌有石头。一些草木将身子探入水中，青叶翠蔓，水尤清冽。鸟笼里一只雌朱雀，胸部羽毛尚呈橄榄绿。洗澡时趁机戏水，原是天性，鸟类大约也有如此爱好，朱雀因此兴奋：钻入水中，拍翅摇头蹦跶一会儿，跳到栖木上，梳理一下羽毛，再入水蹦跶，如此反复。

几天没出门，原来气温已经陡然升高，接近 30 摄氏度。前几天去山中，还找出羊绒衫穿，今日出门，感觉秋裤已属多余。今年高原上的气温一直在蹦极，不知何故。端午前青南牧区还在下雪，朋友发来视频，天地一片莹白，凄冷得紧，今天却是赤日炎炎似火烧。

珍珠梅已经绽放，这些白色耳钉似的花，密集在枝叶间，远观如云似雾。花开起来像云似雾的，还有暴马丁香、水荀子和蒙古绣线菊。暴马丁香属乔木，树干高，树冠也大，花开出来，白云出岫，而且暴马丁香清芬远播，走在路上，它在哪里绽放，嗅一嗅空气中的芬芳就知道。水荀子为灌木，常被人植在道路旁，即便开花，也有些入世的味道。蒙古绣线菊始终生活在岩石嶙峋的高山上，没有烟火气，是真隐士。珍珠梅开出的花有点像夏至这一天的积云，一团团飘得轻盈。

灌丛中见到一株枸杞，果子已经成熟，红玛瑙一般挂在细枝上。两星期前还在崖畔看过枸杞花呢，蓝紫色，一两朵，遗忘了一般，安静地绽放。没几天，枸杞果已经结出来，并且变红，原来成功在有些植物身上，是一蹴而就的事情。这是今年我在高原第一次遇到成熟的果实，摘几枚来吃，依然是新鲜枸杞的味道，不酸不涩，但也不怎么甘甜。

比起前段时间，河水已经变浅，仿佛河床漏了水，一些地方露出河底的石头。午后，绿头鸭们大约都已吃饱，站在石头上休憩，一只斑嘴鸭妈妈带着小鸭子游水。这时节，幼鸟们都跟妈妈出来活动。先前在芦苇丛中见到一只白骨顶鸡带两只雏儿游水觅食，雏儿的顶骨和嘴巴还是黑色，肚皮泛白，脖子上一圈黄色长羽荒草一般零乱，翅上的绒羽尚未褪去。这些雏儿已经足够大，可以自己一头扎进水中寻找食物，它们的妈妈，还是不放心地啄出些柔软水草，游过去塞到它们嘴里。

继续往河流下游走，看到河中一块没有任何植物的湿地上，栖息着十几只绿头鸭和斑嘴鸭，它们无所事事，一些“山静似太古，日长如小年”地悠游。一只秃鼻乌鸦背着蓝紫色翅膀，迈着八字，沿湿地边缘踱步，当它见到一块搁浅的玉米棒子时，受不住诱惑，走过去啄食。离湿地一米外，一根银白色树枝从河中斜伸出来，一只鸬鹚正站在上面，打开翅膀，不停扇动。大约有十分钟，它一直扇翅膀，并且一边扇一边转动身子。起初想，原来鸬鹚散热是要扇翅膀的，像夏天的小狗要不停地吐舌头，后来觉得这种臆测不靠谱。查资料，说，鸬鹚下水湿了羽毛，上岸后需要不停地拍打翅膀将其晒干，因为它身上没有其他鸟那样的防水油。若果真这样，连着阴雨天，鸬鹚该怎么办？

流沙河讲《诗经》，我喜欢听，不仅仅因为四川话好听，还有老先生讲学问如同拉家常，没一点架子。他讲《周南·关雎》时认定呱呱呱叫的雎鸠，并不是长江流域所谓的鱼鹰。在长江流域，鱼鹰指鹗，但它不会呱呱呱叫，诗里的雎鸠，指的是蜀国的鱼凫、鱼老鸦，即鸬鹚。鸬鹚被渔民联合养起来捉鱼，捕鱼时，将几十只一起放开，它们入水之际，呱呱呱大叫，这声音，在诗歌中便是“关关”。

多年前，给女儿拍过一张照片，在宁夏沙湖。那时刚刚五月，湖中芦苇尚未浓绿，湖水青碧，女儿蹲在湖边，她的身后是一艘站了六七只鸬鹚的捕鱼船。不知捕鱼人去了哪里，破旧的木头小船被麻绳系住，但看上去完全是钓罢归来不系船的悠闲。女儿戴着我从乌鲁木齐大巴扎买来的蓝条纹棒球帽，穿一件蓝白格衬衣，短发，完全一副小男孩模样。那时我对鸬鹚，对所有鸟都不太感兴趣，鸬鹚在船头，我只看它们怎样捕鱼，怎样将鱼吐到渔翁的竹筐里去，怎样鼓动喉囊上橙黄色的羽毛，觉得它们太听话，因此委屈了自己，想，如果换作我，断不会这样无主见。但实际上，我一直低眉顺从，对生活，对所谓命运。倒是多年后再看照片，小女孩还是记忆中的可爱模样，那些鸬鹚，却已如故人般亲切。照片上，鸬鹚们仰起头，除一只站在船头晒翅膀外，其余均站在船舷上，阳光给予它们的羽毛不同色泽：脖颈处金属一般的蓝绿，双翅如古铜被刚刚擦亮，下体蓝黑，尾部一点白。它们浑身都泛着金属光泽，仿佛来自未来某个时代。

未来的时代必定与金属有关吗？如若是，那时飞翔的鸟是否会有一颗金属做的心脏？如若未来还有 DBS 植入物之类技术，好事者将这技术运用到一只鸟身上，会怎样？

绿头鸭

2018年6月24日

不管怎样努力，河流都无法将山川洗刷干净，也无法将大地一一润泽。站在湟水河畔，这样想时，眼前河水的流动突然显得毫无意义。它兀自忙碌，匆促以至不舍昼夜，然而世间泥沙依旧如同春草。河流一边清洗，一边又将不洁之物散播，如同一个说谎的人，一边撒谎，一边圆谎，河流于是陷入自设的迷局之中，走不出，甩不脱，长此以往。

湟水是源自草原的河流，在山谷与盆地之间前行。草原的绿没能染就水色，自然遗憾，好在水流气势磅礴。此一时，所谓耀眼光斑，晶莹水花，所谓碧波涟漪，一概不见，水的轻盈也荡然无存。水在此时更接近某种固态物质，仿佛沙山倾倒，轰然一声，沙粒匍匐而来，漫过河岸。就在如此浑浊的水面上，我看见一只绿头鸭独自游弋。

比起河流中央，绿头鸭游动的地方水位更浅，鸭子旁边，一株看不清是什么的植物自水中冒出，细枝伶仃。更似某种标志，绿头鸭的活动范围始终不离那根细枝：长时间伏在水面一动不动，将喙探入水中，搜寻吃食，扭头梳理羽毛，绕细枝慢游几圈。有一阵，它游到离细枝稍远的地方，以为就此别过，几分钟之后，又快速游回。用望远镜将水面拉近，看见鸭子头颈部油亮的绿色正泛出金属光泽，长而扁平的喙，喙部的黄绿色与头部色泽相得益彰，嗉囊高鼓，显然平安盛世，衣食无忧。它几乎就是王勃《江曲孤凫赋》里的那只鸭子了："宇宙之容我多矣，造化之资我厚矣，何必处华池之内，而求稻粱之恩哉？"

水面上再无其他鸟类，偶尔一些白色漂浮物顺流而下，一些枯枝自鸭子身边过去，河流上空，几只棕头鸥逡巡，远处苇丛里，大苇莺呱唧几声。此外皆是空阔，水流声都有些寂寞。

看上去，那只绿头鸭更像来自遥远的古代，穿越千年而无丝毫改变。

穿越千年而毫无改变的事物，已经不多。太阳不算，月亮呢，也早已改变。古代的月亮里有精雕细镂的广寒宫，嫦娥曾奔向那里，成为蟾蜍，白兔跑来捣药，百丈高的桂树下，吴刚执斧。现在的月亮，尽管时有清辉，冰盘一轮，但我们已经知道，它自身不会发光，没有流水，没有生命，到处是裸露的岩石，还有大而粗糙的环形山。星星自然不是过去的星星了，它们不过是一些迅速远离地球的星体，正将一种名叫光的粒子抛向我们。朱雀也不是过去那只形似凤凰的神鸟，而是一只和麻雀没有两样的普通小鸟。唯有眼前这只绿头鸭，还保存着一点远古的东西：沉默，绿色的光，自由游弋，在沙洲上栖息，求偶，在清晨或者黄昏寻找食物……

有资料说绿头鸭曾是中国家鸭的祖先，早在公元前 475 年至公元前 221 年，中国就已饲养和驯化绿头鸭。许多绿头鸭在穿越时间时，慢慢变成了今天的家鸭，羽色改变，体格肥胖，吃着软饭。但依然有部分野生绿头鸭，固守千年前的自己，“饭疏食饮水，曲肱而枕之”。

至于我们，自然不是千年前的我们了。有一次，我无聊地想，如果我从四五千年前的彩陶时期开始，一天一天一直生活至今，会怎样？会不会发疯不能确定，圣人肯定是成就不了。

沿湟水河岸边的小道继续往前，偶尔遇见骑行的人，武装齐备。我是一个双肩包加一只望远镜的人，墨镜遮拦不住多少阳光，太阳在脸上肆意，感觉微微刺痛，暴露的手背，迅速晒红。原先想沿湟水走一走便折回，一踏进绿道，又想多走一段，结果错过路口，不得不一直走，找下一个出口。路旁新开的黄刺玫格外耀眼，耧斗菜的叶子，因为水分丢失而卷曲，蚂蚁们似乎都回了巢穴，蜻蜓梦一样停在苇叶上。走到偏僻处，遇见一位骑行者，他扭头超过 90 度将我上下打量，大约我哪里有所不妥。

事情的妥与不妥，我早不在乎。我还想看湟水河的绿头鸭，看它们在水面怎样保持昔日时光，但与那一只相逢之后，水面再不见鸭子身影。某一刻，一只雌鸭自空中疾飞而过，嘎嘎嘎叫得急促，是不是此前所见那只雄绿头鸭的伴侣，不得而知。

它们让人想起的，始终是那一句："野凫眠岸有闲意，老树着花无丑枝。"

家燕

2018 年 6 月 29 日

翩翩堂前燕，冬藏夏来见。家燕自然是早已熟知的鸟，亲眼见到它，却是多年之后，说来实在不好意思。2017 年一个夏日，坐动车自北京去西安，途经山西平遥，下车去逛古城。随人流看文庙，看日升昌票号，走进衙门看县太爷办案，站在小摊前吃平遥牛肉干。我们原本包了一辆人力三轮车，三轮车司机说，古城一圈逛下来，需两三个钟头，结果走马观花，没过一个钟头，车子就已经将东西南北四个方向各走了一趟。付完钱，不甘心，又随意走街串巷，看一些高墙森森的旧日宅院。

雨将来临，空气闷热，游人熙攘。在喧闹的西大街，突然碰上燕子。之前，出入深宅大院时，并没见燕子，倒是遇见一只腹部紧贴的流浪狗。我将手中的牛肉干撕碎，蹲在地上，一点点喂它。燕子怎么突然出现了呢，仿佛从城外某个隐形的大口袋中哗啦一声倒出，仿佛在那个口袋中关了许久，快要窒息，精神濒临崩溃，现在急需飞翔与捕食。没有任何预兆，也没听到飞翔的声音，它们擦着游人的耳朵飞，从肩膀上飞，在头顶飞，看着迎面过来，快要撞上眼睛，闭眼的时间，它们又急速转弯，飞到脚边去，它们比狂风卷起的竹叶还要迅疾。瞄准一只，想看看它剪刀似的尾巴怎样叉开，但它不给你哪怕一秒的固定时间。它们始终是疾飞而过的黑色剪影，你所瞄准的那一只，以为可以守株待兔的那一只，待它近前，却让人猝不及防。我以前是读过“织柳衔泥剪雨飞”这样的诗句的，但从不知道它们在密集的人群中也能这样灵活来去，如在无人之地。除去我，游人并不理睬它们，他们大约见得多了，只将它们当作狂风卷起的深色雪花。我一边走，一边给它们让路，然而路是让不开的，它们的飞翔肆无忌惮，有时，很笨拙地让开一只，又被另一只唬一跳。

那一次燕子给我的最初印象是，有朝一日，它们完全可以军团般离开地面，轰然一声，降临其他星球。

第二次见燕子，在乐都瞿昙寺，那依然是一个阳光灼热的夏日。我已去过瞿昙寺几次，曾为一本关于瞿昙寺的摄影册写过一些文字，算不上熟知，但也不陌生。游人寥寥，香火断断续续，不过空气中还是弥漫淡淡的柏香和酥油味道。这座有着明代宫室建筑风格的藏传佛教寺院，几经风雨，当年盛况虽一去不返，昔日时光还是将其痕迹遗留下来，走几步，目光便会被纵深处的事物牵绊。寺院结构紧凑，日光照射到砖地，地面又将耀眼光斑反射到墙壁，这使整个寺院都处在一片白光迷蒙中。花木不多，几株暴马丁香正在盛开，花色衬着红墙，走近嗅闻，清芬馥郁。暴马丁香是藏民族心目中的菩提树，信徒将五色经幡系在树上，树下芳草泛起流光。记得早年来时，鸽子起落于屋顶廊檐之间，一些窗棂台阶被鸽子矢溺污染成为灰白，今日再来，不见鸽子踪迹。在隆国殿看完象背云鼓和“皇帝万万岁”牌匾出来，却见燕子三三两两，疾飞于吻兽与斗拱之间。

燕子到底是携带时光的鸟，仰头间，忽觉这一方天地依旧是多年前的天地。时间在过去的某一刻凝如奶酪，物事在那里定格：瓦当滴水，屋脊上的小跑，砖雕的狮子与菊花，墙壁上的佛，殿内的金刚和玉石像座……天空的云属于那一刻，微拂的风属于那一刻，枝叶间的花香属于那一刻。像一本彩色的书，那一刻现在翻开，摊平，然后被一双眼仔细观看，被一双手仔细抚摸。

不知多维的空间中，过去是否这般真实。

前天下午，在湟水岸边，第三次见到燕子。依旧是普通的家燕，因为拿了迷你望远镜，燕子飞过时，能依稀见到肚腹上的一抹白。当然，怎样努力，它们脑门上蓝黑色的光始终看不清，也看不清它们的眼睛。一只鸟，该怎样观察，才能看见它们的魂灵呢？是飞翔时姿影婀娜的一瞬，是风滑过翅尖的声音，还是，那小小的，始终不易看清的眼睛？

水面宽阔，水流不急，这给人以年岁舒缓之感。三只棕头鸥立于水中一块浅滩上，长时间保持静默。一对绿头鸭来去悠游，其中那只满身金翠画不得的雄鸭，也许是我前次见过的那一只。河流上空，依旧有黑色大鸟振翅而过。没有风，燕子们顺着水流方向低翔，速度依旧如夜晚闪电。与前两次不同，这回我倚着栏杆，从高处看，有些置身事外的安然。不管它们俯冲到水面，或者急速转弯，以火箭之势飞向高处，或者轻捷地平平掠过，它们都沉浸在自己的劳作中，专注，无暇喜悦与悲愁。

想一想，燕子就是燕子，伶俐地飞，积极入世地捉虫子，在春光里衔泥，哺育雏儿，冬季来临时，长途迁徙，“笙歌散尽游人去，始觉春空”，“燕雁无心，太湖西畔随云去”，“望长安，前程渺渺鬓斑斑，南来北往随征燕，行路艰难”……这句句诗词，其实与它们没有关系。人始终要借助他物，在另外的身影中，观望自己的心。

八哥

2018年7月2日

起初我以为八哥在说“桑迪你好”，还猜测这是哪国人士，教得八哥说一口流利的普通话。说普通话，我肯定比八哥强，我便站在鸟笼下学八哥：桑迪，你好。我说一句，八哥说一句，很和谐，以至于不知是我学八哥，还是八哥学我。不过我比八哥矜持，如果看见远处有人来，我便做出一副观赏栏内花木的样子。八哥不一样，一旦轮到它叫，在笼子里，又是点头，又是哈腰。

此时六月刚过，夏花尚未绚烂，植物只将肥硕墨绿的叶子四处悬挂，倒是珍珠梅开出一两枝，喷涂的白雾一般，在一人高的枝头缭绕。一只画眉，被关在笼子里，挂在八哥笼子的上面。资料说，八哥学艺，需要将笼子用布遮住，然后将笼子挂在师父笼子的下方，这样，八哥可以心无旁骛地学习。但这家主人不一样，他将八哥笼子挂在向阳的枝梢，无片瓦遮头，一屋通透。画眉笼子在朝阴的一面，蒙一块黑布，或许那只画眉并不是八哥的师父。我走过去，见仙风道骨的画眉在黑屋子里，神情淡漠，仿佛《呼啸山庄》里坐在壁炉旁的凯瑟琳，一声不出。

昨夜一场雨，空气已被换过，雨水的痕迹在植物叶子上晶莹透亮。晨光穿过槐树，半是幽暗，半是明媚，一只树麻雀飞来，落在高处的枝子上啼啭。八哥听见，便要出去。它在笼子里扑腾，转圈，啄笼门，倒挂在板顶，试图找出空隙。我于心不忍，想提醒八哥此举不过徒劳，又想，八哥到底与我不一样。我尝试的事情，一旦失败，就撒手远离，再不碰触，八哥比我执着。

我买了一杯热豆浆去看八哥。我喝豆浆，八哥瞅都不瞅，有些扫兴，便很快将豆浆喝完。捏了空杯子，无意识地，用手指在杯子边缘叩出些声音。八哥听见，昂起头，抖动颈部黑羽，从胸腔发出弹棉花的嘣嘣声。据说弹棉花的弓弦，用牛筋最好，不知八哥在用什么。弦绷得不紧不松，弹拨中气充沛，带有余音，仿佛经过长期训练，一朝发挥。

早晨是鸟兴奋的时候，稍远处，另一只百灵唱得婉转悠扬，声音同样被水洗过，仔细听一段，不知谱出的是哪些音符。八哥到底按捺不住，开始跟百灵对口。八哥一开口，便是一阵抑扬顿挫的口哨。这口哨熟悉，纯粹是街头小混混儿见了某位女生，又是撩头发又是抖腿的轻佻。再看八哥的模样，比小混混儿也好不到哪里：嘴部一撮矛状额羽簇起，火焰色小眼睛，神经质举动，上蹿下跳。一些桀骜不驯，一些玩世不恭，一些不务正业，使人很快想起《聊斋志异》中那只和主人联合起来欺骗王爷的古代鸲鹆。

我不会打口哨，只能小声嘘嘘，八哥对我的这种声音不以为然。我便又说桑迪你好，说几声，脑子一动，转过弯来，明白八哥叫的是桑吉，而非桑迪。桑吉你好，再正确不过。这小区有很多藏族人家，他们大都在牧区上班，退休后在西宁买套房子，颐养天年。主人脾气似乎不是太好，因为我听八哥说几声桑吉后，突然改口道：悄悄。这是标准的青海话，意思是住嘴，不要再唠叨。这只八哥大约话多，《怪物史瑞克》里的驴子一般，免不了被主人训斥几句。

说一只聪明的八哥能学会十余种鸟的鸣叫。如果一只八哥只顾学习，而忘记自己的本口，邯郸学步那样，该怎么办。这样想着，要离开的时候，又听得它在笼子里，发出细柔娇媚的声音，不像八哥能叫出来的，感觉是一只未睁眼的小奶猫还差不多。于是又有些迷惑，这黑中杂一点白斑的鸟儿，到底藏了一颗什么样的心。

大苇莺

2018 年 7 月 3 日

东奔西跑，在高原观鸟多日，终于和一只大苇莺较起了劲。原本我没在意它，跨进湿地公园的小门时，吸引我的，依旧是宿根亚麻开出的花。前次来，已见这些小小的蓝色花朵正在盛放，那是七八天之前。再往前，大约是一个月，或者四十天之前，我同样看到它们绽放。它们始终是花枝细瘦的植物，显得营养不良，此时，它们的叶子禁不住阳光照射，已经蔫卷。其实这一天的阳光并不好，云在天空粘连，自缝隙漏下的几缕光，脱了色的布片一般，但是花朵格外精神，仿佛清晨刚刚醒来，用泉水浸了脸，扎起小辫。花瓣质地单薄，花形却圆鼓鼓的，是清浅岁月中的知足。这些亚麻因为大片野生，林间坡地俱已染成蓝色，展眼，一如童话境界。蹲在花前，拍下一张照片，用手抚摸花瓣时，听见大苇莺在附近树梢上沙哑着嗓子大叫。

嗓音这般粗粝，它的鸣管应该是用碎石铺成的，却又富于音韵，高低婉转，颇有画眉的技巧。行人少，河水在稍远处流淌，风在水上，不着相。这是两山之间的开阔地，鸟的叫声分外响亮，似乎自带话筒，声浪波波相传。

走到树下，树不高，刚栽了一两年的旱柳，叶子摇曳不止，依稀见得鸟影，试图换个方位，将鸟看得清楚些，才移脚步，它便一个倒栽葱，钻入树下芦苇丛中，继续大叫。

很清晰地，听见它“呱呱唧——呱呱唧”之后，突然连着两声“傻 ×”。

我以前也听过鸟骂人的。那时每天上下班走过院子，就会听见隔壁某层楼上的鸟，如此连声叫骂。如果阳光好，骂得更起劲。我每次听见，都偷着笑，想看看那是一只什么鸟，敢光天化日之下爆粗口，一点不害臊，却始终不曾跑去将其看清楚。现在逢着另一只骂人的鸟，又是行人稀少的野外，自然不肯放过。

芦苇因为人工种植，苇丛中有窄小的水泥甬道，瘦长苇叶已将其覆盖。昨夜有雨，我在高楼的屋内，没有任何察觉，此时这些苇叶上全是水珠。芦苇早高过人头，有些已经倒伏，水珠在那里，尤其明亮。挤身向前，发现苇丛中并非全是芦苇，更多的，是东方香蒲。它们的花序已经形成，淡绿的棒冰一样，直立的叶子细瘦伶仃，掐一点来嗅，没有任何香味。以前曾养过一盆菖蒲，它的清香只有当叶子掐断之后才能嗅到，因而那盆菖蒲被我养得衣衫褴褛，惨不忍睹。我以为东方香蒲也应该有类似的香味才对，上网一查，原来它们并不属于同一科。水葱也混居其中，淡褐的花穗早已枯去，掐一截来尝，同样没有葱的辛辣。原来水葱和东方香蒲都在巧立名目。

鸟在苇丛叫，分明就在眼前，拨开几根芦苇细瞧，不见身影，许是有雏儿藏在那里。那里会有它的雏儿吗？以前见过大苇莺的照片，鸟妈妈总是将四声杜鹃的孩子当作亲生，不辞辛劳找来虫子喂，当它将虫子塞进庞大的杜鹃雏儿嘴巴时，它的整个脑袋都得塞进去。蠢笨却又幸福的鸟妈妈，大张嘴巴不知餍足的杜鹃宝宝，让人好笑又无奈。

还是不打扰它们吧，许它们一些清梦，片时安稳。缠一身蛛网离开小道，才要往前走，鸟叫声又从那棵树梢上传来，很明显，那只大苇莺又飞到小树上，冲着我，很有些挑衅味道。

过去的四十多年，凡走来与我寻衅滋事的，我都在避开，这与性格的懦弱有关，也与始终坚持的无所谓有关。来者如果举着矛，我便竖起稻草一堆，这并不是因为我没有盾牌可用，而是，我将其立在无人之地。我因此化解了一部分时间，以及时间中根茎一样的块垒，那些化不掉的，我便用身体包藏，仿佛用一小团棉花裹住一个铁球，使之渐渐生锈。

然而这小鸟的玩笑我必得当真，我必得以同样的方式回报才显得礼貌与文雅。我便佯装不知，站一会儿，转身，就地坐下。水泥路面被太阳晒得发热，米粒大的红蜘蛛和长腿蜘蛛四平八稳地走过，不怕，蚂蚁和黑甲虫更不怕。我摸出袖珍望远镜，将胳臂支在膝部，调焦，然后一个清晰的大苇莺出现在枝头。

它掩身于柳叶的稠密处，是那样毫无心机。随着歌声，它细长尖利的嘴巴不断开合，露出橘红稍带粉色的口腔内部，像一朵花在盛放又凋落，它的皮黄色眉纹飞起如带，无限风情，它肚腹上米色的羽毛光洁温润，感觉若将手指搭上，定有划过丝绸的细微声响，它的尾巴并不像杜鹃或者白鹡鸰那样抖动，它头上似有似无的褐色羽簇，蓬起一点自豪与骄傲。它沉浸在自己歌唱之中，此刻胜过全部。

原来我不过是庸人一个，自以为它在将我消遣。

乌鸫

2018 年 7 月 5 日

初读史蒂文斯的诗《观察乌鸫的十三种方式》时，在网上看过乌鸫的视频。那时尚未见过乌鸫，想象中的它，因为黑，似乎跟乌鸦差不多，但鸣叫起来，应该比乌鸦好听。视频里的乌鸫，一只充满和气的鸟，有着秀雅的明黄色喙，它长时间站在树枝上，一面谛听远方好鸟相鸣，一面很有分寸地对唱，声音果然婉转。也许是因为它那金色的眼圈，同样是黑鸟，视频中的乌鸫让人觉得喜庆。

我看得更仔细的，自然是乌鸫的眼睛，因为诗里说："周围，二十座雪山，唯一动弹的，是乌鸫的一双眼睛。"那自然是一双智者的眼睛，活泼外一点调皮，以及一些在人世混出的机敏。说鸟的眼睛是鸟身上最灵活的部分，两个眼球的重量加起来，比脑子还重，但我发现，乌鸫的眼睛都是随脑袋转动，并不会像某些人那样，脑袋不动，眼珠子转来转去。而且乌鸫很少眨眼睛，它那层灰色瞬膜偶尔如拂尘扫一下眼球，然后继续无辜地大睁眼睛，表示对世界充满善意。

乌的眼睛中含有一些有色彩的油滴。夜间活动的鸟，它们眼睛里的油滴大多无色，在水上飞行，需要透过水面看东西的鸟，眼睛里的油滴大多为红色。鸟类学家还发现，这些油滴的分布颇有规律，视网膜的上半部分，主要以红色为主，视网膜的下半部分，主要以黄色为主，据说这些黄油滴的作用是为了让鸟将天空中的物体看得更清楚，仿佛用相机拍天空，需要加黄色滤镜。

如果人的眼睛中也有这样的油滴，不知会怎样。也许还是没有的好，因为即便没有，人看人，还是带一层色彩加滤镜。

那首诗读过之后很久，终于在高原见到现实版的乌鸫。一次去超市买菜，路过广场，看见一只鸽子大小的黑鸟正闲庭信步，一看就是只雄乌鸫：浅黄色嘴巴，金色眼圈，微微昂着头，对周围充满好奇。明显是被人饲养过的，不知是逃出来，还是被主人丢弃，反正现在正处于流浪阶段，衣食无着。不过流浪也不算什么，它神态自若，并没有无家可归的凄怆与萎靡。

我招呼它，它便走过来昂头看我。摸摸衣兜，没有任何吃的东西，包里也没食物，看乌鸫信任加期待的眼神，很是内疚。环视，广场附近没有小卖铺，便想，如果它愿意继续跟着，我可以到不远处的超市买些肉干或者咸鸭蛋之类喂它。它仿佛明白我心思，果真跟着我走，像多年前在鲁院跟我走过花园的那只小猫。然而没走几步，一个中年男子过来，逗一只宠物狗那样，手塞到衣兜里做出找食物的样子，乌鸫便很快转身跟去。不知那男子所怀何种居心，不放心，我又跟着乌鸫走。走几步，乌鸫确信男子摸不出什么东西，便停下脚步，显得失落。

一时想不出该怎么办，周围很快聚集起围观者，人们议论纷纷。一只鸟被人群围观，有些滑稽，根本没有“整个下午如同黄昏。雪在降落，它还在继续下，继续下。乌鸫，栖息在雪杉枝上”的惬意与美感。

那只乌鸫最终展翅起飞，一直飞到广场东北方向的小楼上去。我离开广场时，还看到它站在楼顶突起的角上，影影绰绰一个黑点，仿佛含有某种寓意。当初，乌鸫被人从茂密丛林带出，落户鸟笼，被人调教，学舌，混迹于市井，“笙簧百啭音韵多，黄鹂吞声燕无语”，“舌端万变乘春晖”，“索莫无言蒿下飞”。但乌鸫到底不是森林的弃儿，它身上依旧保留着一只高贵的鸟所拥有的东西：站在树枝的顶端放声歌唱。

说乌鸫是会得白化病的，黑羽一点一点变白，最终成为雪白的乌鸫。

2018 年 7 月，在湖南省博物馆，当我俯身仔细观看马王堆汉墓出土的非衣帛画时，看到帛画右上角朱红太阳中的那只二足金乌，其眼睛更像一只雄性乌鸫。我甚至在手机上翻出乌鸫的照片，一一比对，帛画中的金乌，除去黑色弯曲的大嘴和爪子，形体的其余部分，尤其是那双有着金色眼圈和褐色眼珠的眼睛，简直就是一只会说话的乌鸫，我因此悄悄怀疑，那只二足金乌，是不是其实就是只乌鸫。

乌鸫是南方常见的鸟，高原则很难见到。后来，我去南方的日子逐一增加，见到乌鸫的次数也便越来越多。乌鸫飞在南方，像乌鸦飞过北方那样寻常，然而在我这样一个北方人看来，它还是无法跟乌鸦作比。乌鸦的孤唳充满寒气，那是几千年的动荡与浮沉，乌鸫只是应应景，它所背负的黑，不过是轻描淡写的一瞬。不过，据说乌鸫是最记仇的一种鸟，我倒想见识一下一只鸟的爱恨情仇会有多重。

褐柳莺

2019 年 7 月 7 日

进入山林没走几步，便看见一枚大山雀的蛋，迷路的孩子那样卧在浅草中。想里面或许有雏儿，仔细看时，却只是一枚空壳。显然不是从高处坠落，若那样，蛋壳肯定已经粉碎。眼前的蛋壳只破了一个不规则的小洞，里面空无一物。应该是某个小毛贼偷了大山雀的蛋，啄开蛋壳，大吃一顿，扬长而去。原本应该有雏儿的，看着空空如也的蛋壳，怅惘一下，往前走，又见一枚，同样的结局。不知道是哪只粗心的大山雀，丢了蛋还浑然不觉。

可是知道了又能怎样，难不成祥林嫂那样逢人便说。

网络上看到一只蒙古沙鸻，奋不顾身，试图拦阻一辆拖拉机耕地。司机停下拖拉机去看，见蒙古沙鸻一心想保护的是自己的三枚蛋。太阳光强烈，沙地气温高达三十多摄氏度，小沙鸻便站在太阳照射的一面，用身体给鸟蛋遮阴。司机于是放一点瓶装水给小鸟，绕开三枚蛋，继续耕地。几天后，司机去看，小鸟已经出窝。司机对记者说，哪天说不定在哪个水边就碰到了。

在这个暴力与温情并存的世界，这是一件让人愉悦的事。

本是小暑前后，加之长时间降雨，山林草木拼了命往高处长，似乎每一片叶子都在发出声响。应季野花也不落后，草木樨、沙葱、决明、天仙子、野茄子，它们绚丽、明艳，却又显得与喧嚣无关。牛蒡到底是慢性子，花苞鼓囊囊的，快撑破了，花还是藏在里面。一只老鼠躲在青杨树下的草丛中，瑟瑟发抖，不知什么大东西惊吓了它。仔细看，它玻璃球一样的眼睛正呈现出某种蓝灰色，它的身体也是蓝灰色。从没见过蓝灰色的老鼠，或许不是，不过是林间光线的问题。大斑啄木鸟的雏儿竟然在草丛中小老鼠一般乱窜，不可思议。它羽毛上的花纹尚未定型，仿佛一个有着开放性结尾的故事，长成戴胜或者长成啄木鸟，都无法确定。喜鹊雏儿也在地面上，修长的尾巴还没长出，现在它拖着的，是一把写秃了的毛笔。

许多鸟父母都在养儿育女，忙得无暇啁啾，褐柳莺却只在枝子上鸣唱。前几天来，看见它站在山路旁的一株槐树上，今天来，它还在槐树上，我便以为它是喜欢槐树的。槐树确实不一般，枝形秀美，叶子离离碎碎，开花季节，一树白花独自芬芳，不像青杨，叶子粗笨，树干魁梧，开出的花仿佛大毛虫。国槐是北方的树，但有南方气质，褐柳莺是北方的鸟，鸣起来却像南方的鸟，于是褐柳莺站在槐树上，就有些“胡马依北风，越鸟巢南枝”的味道。别人儿女成群，显然它不稀罕。它站在属于自己的高枝上，它的小尾巴是一把扇子，随着歌喉有节奏地打开闭合。

尾巴随歌喉而动的，还有大杜鹃。大杜鹃唱歌时尾羽散开来，左右摇摆，我说过的，它唱歌时像一位穿着拖地长裙的女佣，而眼前的褐柳莺，则像弯下膝盖道万福的少女。

褐柳莺长得普通，除却两道棕白色长眉纹，也便是一只外形纤巧的褐色小鸟，黑眼珠，小嘴巴小腿。如果不曾亲自聆听它鸣唱，还以为它的叫声也不过是“吱吱”“啾啾”的普通。然而它毕竟是一种柳莺，是鸟儿里的音乐家，即使随便吱一声，也有某种美学上的抑扬顿挫。蒲松龄《聊斋志异》写连锁给杨于畏弹琵琶：作“蕉窗零雨”之曲，酸人胸臆，杨不忍卒听，则为“晓苑莺声”之调，顿觉心怀畅适。站在槐树下，听褐柳莺鸣唱，确有心怀畅适之感。如果琴论家来听，说不定会将褐柳莺的鸣唱归于“达则兼济天下的和乐之畅”。

而林子深处的杜鹃和斑鸠，吟唱的主题，永远是乐道而不失其操的独善其身。

雀鹰

2019 年 7 月 11 日

雀鹰再也没有小鸡可抓了。村庄的变化不仅令少小离家的老人吃惊，便是那些以村庄为活动中心的鸟类，也会诧异。毋庸置疑，生态愈来愈好，草场和山林得到保护，雨水逐年增加，夏季植物疯长，曾经消失的鸟再次回到村庄。然而村庄里面，却愈来愈寂寞。除掉草原上游走的牦牛，村庄里的黄牛已很少看见，羊群也只出现在草原和高山上，母鸡刨食，斗鸡毛血纷飞的景象，只成为记忆。“平生为幽兴，未惜马蹄遥”，这样的昔日愿望，早已落伍，如今的人们，迷恋的，更多的是宦海商场的银甲弹筝，金鱼换酒。雀鹰守着村庄边的树林，让人觉得它们已是一些须发飘飘的前朝遗老。

沿小路往村后的山上走，路旁草木萋萋。多年前熟悉的植物，再见，依旧是老友相逢的喜悦。红花岩生忍冬，我曾摘过它深红的果子吃，以至于吃得太多，中毒，恶心头晕，不敢告诉大人，只好坐在山坡上等黄昏降临。它浅紫的小花，凑近鼻子，嗅一嗅，还是当年的浓烈芬芳。甘青老鹳草，小时候只因为它“打破碗花花”的名字从不曾摘取，现在愈加不忍亵玩，只弯腰闻闻它的清香——原来花也可以有一种绕指的青草香。东方草莓的果子尚未结出，小白花自然有东方味道。悬钩子连花都懒得开，只长叶子，还有马先蒿……全是不必顾忌不用小心可拥抱可玩笑的旧时玩伴，两小无猜。想着并没走出几步，抬头时，发现村庄已远。

可以清晰地看见青杨林像一道绿色屏障，将山坡挡在村庄外面。这些低矮而花草芬芳的山坡有什么需要提防？没有马鹿，没有棕熊，没有狼群，有的只是一些野兔、一些旱獭、一些“黄大仙”，以及长风、云雾和四季转换。多少年了，野兔还是胆小，见人就跑。旱獭却不怕人，见有人来，甚至会小孩一般讨要吃食。至于“黄大仙”，它的身材修长苗条，是动物们艳羡的模特。一只雀鹰在林梢啼叫，声音清越，没有惯常的尖利刺耳，反而有一些耐心，这说明此刻的它，并无捕猎的需求。过半分钟，另一个声音在山巅呼应。

原来是一个约会。

但见那位赴约者自山巅起飞，没有盘桓，没有俯冲，它只以一道褐中带白的剪影飞过我头顶，然后平稳小心地飞进那片青杨林，站在另一株树木的高处，大声表白。

一只雀鹰向另一只雀鹰飞去，而不是向鸡群和村庄飞去，感觉不一样。没有出征和杀伐的决心，没有权谋，甚至没有勇猛和悲壮，尽管看上去依旧带些竦身思狡兔的锐利，但总归缺少些什么。什么呢，却又说不清楚。似乎它们的一生应该只与风霜和毛血有关，与凌厉和翱翔有关，一旦它们安稳，娇柔旖旎，便不是它们。

即便是一只鸟，也有宿命。世间的成见如此根深蒂固。

可是传说中周穆王手执白圭玄璧去见西王母，为什么人们津津乐道？“道里悠远，山川间之，将子无死，尚能复来”与“万民平均，吾顾见汝，比及三年，将复而野”的问答，为何总是让人艳羡？生命面前，一只鸟的爱情和一个人的爱情，孰轻孰重？

金翅雀

2018年7月16日

与金翅雀相比，我更熟悉大鹏金翅鸟。第一次见大鹏金翅鸟，在一位堪布的书中：无比威武的大鸟，站在滔滔海浪之上，上身天王像，嘴如鹰喙，上翘金刚钻石角，头戴宝冠，两眼怒睁，双翅展开，下身鸟形，满身金色，冒出火焰，左右日月相映。据说大鹏金翅鸟住在须弥山北方的大铁树上，以龙蛇为食，日食一个龙王兼五百条小龙。它的双翅展开，有三百三十由旬那样宽广，它只要双翅一拍，海水便被劈为两半，露出海底。说人类之初，大地被洪水和妖龙扰乱侵害，佛祖便派大鹏金翅鸟去捉妖龙，还给人们一个清平世界，后来人们便一直将大鹏金翅鸟当护法神供奉。因为它曾以龙蛇为食，体内积聚许多毒气，某日毒发，身上燃起熊熊火焰，最终血肉焚为灰烬，只有心脏没被烧毁。

跟凤凰和朱雀不同，据说大鹏金翅鸟并不是一种神鸟，现实中确有此鸟，它生活在多年前的象雄，即今日中亚和我国青藏高原地区。

如果确有此鸟，想来应该更像鹰鹫：体形庞大，双翅如云，喙为钩状，眼窝深陷，粗壮腿部覆盖长毛，毛色深褐。甚至可以具体到草原上的金雕，阳光下一飞，便是一道金色灿然。然而没有根据。

想来金翅雀跟大鹏金翅鸟没有关系，如孔雀与凤凰没有关系，朱雀跟麻鹩鸟没有关系那样。不过金翅雀确有一双漂亮的翅膀，不管是在晴空还是阴云下飞过，总会使人眼前一亮，而且金翅雀双翅上的金色，比大鹏金翅鸟身上的色泽还要明丽。

我在雨后的傍晚去看那几只金翅雀。天阴沉得厉害，仿佛要融入大地。尽管白天几起大雨已将草木洗刷得明净许多，但暮色最终又让树木变得深浓。上山时，看见槐树突然将黄叶落了一地，没明白是怎么回事。前段时间它还将香气氤氲的白花挂满树梢，惹人注目。或许是去年的黄叶吧，但整个冬天，我从这些树下经过，从没注意过槐树枝头还悬挂着不肯落下的旧叶。可能并不是一件想不通的事，因为太过简单，反而不明白罢了。想着暮色中的鸟应该也在匆忙来去，像暮色中大街上的人群那样，但一路上并没听到多少鸟叫。刚出小区门不远的僻静小道上，曾遇见两只匆忙啄食的白鹡鸰，小巧玲珑，与山中遇到的白鹡鸰不同。怀疑是不是另一种鸟，走近时，它们却飞起来，贴着地面，波浪似的起伏，白鹡鸰无疑。后来见到一只麻雀，衔一嘴小虫子，向更暗的树丛飞去。

树丛的茂密处，有一座废弃房屋，房子依傍断崖。在房子与断崖的折角处，杂木纠结成另一方郁郁葱葱的天地。跨过断崖，可以站在房顶看杂木林，前几次见到金翅雀，都在此处。平时，斑鸠也喜欢站在这里，不过它在更高的树梢上，不出声。偶尔也有北红尾鸲和白眉山雀出入，此外，这片杂木林似乎再无其他鸟闯入。此时，暮色已将杂木林染得更深，白眉山雀即便出入，也早已与林木成为同一色泽。站在房顶，片刻的寂静之后，窸窸窣窣声自树后传出。费尽目力，终于看到鸟的身影：金翅雀翅尖和尾巴上的黄是此刻树林中唯一醒目的色彩，它不像暗夜里的一捧火，不像黑蓝天幕上的一粒星，不像交响乐队里的一声小号，而只是深色绣布上一点樱草黄的花瓣。它们既没有入睡的迹象，也没有再次外出夜宴的意思，它们更像吃过晚饭，围着饭桌闲谈的一家人。

金翅雀的喙为粉色，若在晴空里看去，好像透着光。鸟的图册里，还有一种红额金翅雀，额、脸颊和下颏成为朱红色，仿佛吃多了酒，或者人前说了蠢话，憋得一脸通红，大花脸，没有普通金翅雀好看。

几天前，与一位路人聊天，说此鸟名叫金哨子，没有询问“金哨子”一名的缘由。以前也听过金翅雀带着颤音的鸣叫，声音有点像儿时常玩的金属哨子，拿起来一吹，一颗金属小球在里面滚来滚去，发出彼此撞击的声音。一篇写鸟的文章里说，饲养金翅雀以训练技艺为佳：取物、叫远、放飞、叼千。原来人们养鸟，不仅仅是让它失去森林和天空，失去自由和意志，还要让它学会机械与刻板，学会迎合和凑趣，直至完全失去自己。

金翅雀出现在诗歌中，依然很美：

这个月，我们钟爱的一座岛上鲜花盛开：
毛茛、朝颜剪秋罗、深紫豌豆花，
山柳菊仍在灼烧，雏菊斑斓，小米草，
馥郁的蓬子菜那白热的星辰，
还有更多花朵重返，将草甸涂抹得欢快。

金翅雀归来，或其他类似的飞禽，

白喉雀五个音节的歌谣，

如泣如诉，把眼泪带入眼中。

大自然重返自身，或几乎是这样：

重复、重复、重复；修改、修改、修改。

——节选自伊丽莎白·毕肖普《北海芬》

纵纹腹小鸮

2019 年 7 月 20 日

此刻是如此美妙的黄昏。写下这句，忽然想起普里什文的《大自然的日历》。绝无模仿之意，绝无抄袭，此刻的黄昏，除去“美妙”二字，是真的再无其他词语更为传神。大自然虽然千疮百孔，但也有历久弥新的时刻，以及从未被破坏的局部。现在，呈现在我眼前的这个黄昏，便是这样的局部，这样的时刻，不可复制，绝无仅有。

纵纹腹小鸮蹲在青杨树枝上，不出声。树不大，没有沧桑面容，即便风过，树也静悄悄的，仿佛酣睡。树后面的黛色山脉横贯眼际，一直向东西方向延伸，直至远处。在远处，山峰化为龙化为云，皆有可能。山坡上植物的生长存有鲜明界线，高处是以头花杜鹃和陇蜀杜鹃为主的灌丛，绵密厚实。如果是早些时候，花开出来，淡紫与粉白，各自为政，蔚为壮观。山坳黑黝黝的，是云杉林。云杉生长多年，松塔针叶铺地，毛虫来去，护林员说，林中有马鹿和麝，还有狼。马鹿和麝走过林子，姿态娴雅，狼总有些吓人。靠近山脚，是退耕还林的荒草地，悬钩子偶尔两三丛，东方草莓正挑出浆果。

尽管有十几米远，我还是确定，那是一只纵纹腹小鸮无疑。那毛茸茸椭圆形一团，绝不会是一个粗糙鸟窝，也不可能是松鸦山鸡。有些鸟可以凭感觉辨识，就像有些人，看一眼便知是否良善。

如若是其他的鸟，我坐在原地，用望远镜看看就已足够，但眼前的小鸮，必得一步一步靠近，必得将每一个细节都看清楚，不仅如此，还需让小鸮瞥见我，对我有些表情达意的反应才好。青春少年追星，也莫过如此。有感应一般，小鸮从远处就看见了我，表现得有些不屑，半闭着眼，傲娇，爱理不理。鸮族们最让人神魂颠倒的，就是那半睁半闭的眼睛，以及睁一只眼闭一只眼的难得糊涂。毫无疑问，小鸮的眼睛依旧是两张光盘，黑色圆心，金色环绕，里面储存的，全是莫扎特那一代的古典。此时天地无风，云却在移动，太阳光自云层缝隙斜射而下，时明时暗。树叶肯定将影子抛到小鸮身上，可是一点都看不出。小鸮沙褐色的上体原本布满白色斑点，棕白色腹部又有些褐色纵纹，这样，便是在树叶的阴影中，感觉太阳光还是将斑点洒在它身上。仿佛太阳也是它的粉丝。

拿捏不准距离的限度，近前几步，又停下来。与山雀和耗子相比，我自然是庞然大物，小鸮虽然依旧傲娇，神情却有了变化。它将两条浅色平眉上扬，眉心紧皱，两眼圆睁，我明知那是警惕，但看上去，倒像一个小孩在扮唬人的鬼脸。过分了，我想。这世上有什么宝物要我捧在手心，除了它，不会有其他。小鸮仿佛懂我心思，接着便将那经典的扭头动作表演一番。小鸮头大，圆，头在身子上左右平移时，身体保持不动，看上去，像是新疆舞里的动脖子。鸮们扭头是一项技术活，能转动 270 度，脖子里仿佛装了个转轴，有时候，它对你是侧目还是正眼你都不清楚。

小鸮面前，我是正宗的花痴。毫无顾忌地，我将自己的欣喜表现出来，啧啧有声。猫科动物我都喜欢，雪豹行走高山，花猫酣睡沙发，老虎步出密林，猫头鹰的眼睛在夜晚闪啊闪——很遗憾，猫头鹰既不是猫科也不是鹰科，它另立门户，仿佛在取笑那个给它拿捏名称的人不过是词穷罢了。然而它还是要离我而去。它起身，蹬起穿着毛裤的腿，翅膀一伸，起伏着，向坡下飞去。

目送是如此无奈的事情，无能为力，无计可施。留恋如果是单方面的一厢情愿，尤其难以释然。然而在后来的时日，每当回忆，那个黄昏竟是那样迷人：夕阳落在山巅，溪水潺湲，青稞抽穗，小云雀在那里高高低低地叫，峨眉蔷薇开出最后一朵花，树荫里，纵纹腹小鸮正在表演杂技。

角百灵

2018 年 7 月 23 日

在草原上，沙百灵喜欢跟着汽车飞，不知何故。小时候，我们也喜欢跟着汽车跑，那是因为好奇，不仅仅是好奇汽车这个物件，还好奇汽车里的人。外来的人，仿佛外来的物种，带着全然的陌生。我想跟那些陌生人去他们的世界，只要看一眼，然后就回。我在那时尚不懂得沉沦，当然，我也不懂得嫌弃，我在那时只觉得自己的世界原本如此，三山围绕一块平地，溪水自门前流去，时间前翻还是后推，堆砌的从来就是一种模样。

沙百灵断然不是当年的我，它们早已见识过许多，帐篷、大狗和牧人之外，还有汽车、自行车、摩托车、武装齐备的徒步者，以及叽叽喳喳的游客；它们也见识过探测的人，开采的人，修建的人，采访的人，以及拆迁的人。眼界足够开阔，陌生构不成向往，变幻自然不放心上。既如此，沙百灵何故不掉头远去，是车轮掀起的气流会携带许多虫子？或许如此。汽车在公路上，一道网围栏将草场与公路隔离，行人无法逾越，动物不能穿行，栏内的草便长得好。高原上的许多花我都已认识，草也识得一些。那些如雪飘落的，名叫唐松草，叶茎纤细，花朵素雅；那些铺成紫色绒毯的，是马先蒿。马先蒿也有黄色，黄色的马先蒿和黄色的柴胡、高原毛茛便在另一些草地上匍匐，乌头的紫色太浓，披碱草便用长穗将其遮蔽，醉马草长到栏外来，但现在已没人将其采回做笤帚。沙百灵与我们隔着一段距离，在栏内同步向前飞。

牧场的一段沙路上，沙百灵半隐半现地走。为了将其看清，我翻越网围栏，踩过没掉膝盖的草，蟾蜍自脚边跳起也不怕。它肯定将巢筑在了路边的草丛中，因为当它从青稞田飞起，在半空悬翔时，我清晰地看见它叼在嘴里的一只蚂蚱。蚂蚱也会唱歌的，只是比不过沙百灵，在“演艺”这条路上，蚂蚱不会对沙百灵构成威胁，但沙百灵还是会将其一一灭口。所有的世界都一样，谋生是件大事。

我坐着不动，沙百灵便拖着背影在我前面走，偶尔扭头时，能看清白色的眉纹。原来沙百灵走路不会直行，而是拐着“S”形，仿佛喝醉了酒，拎着酒瓶，努力不往墙上撞。

角百灵会不会也如此前行，没看到。

有一次，在牧场突然与一只角百灵相撞，我以为它长着两只真正的角。它蹲在一截矮墙上，大约早看见了我，但是没飞走。本来我在看一些野鸽子，奇怪的是，草原上居然有鸽子。印象里的野鸽子，也只在有山崖的地方居住，它们群翔，在天空翻出一片银色波浪。鸽子出现在草原上，有点像游客。游客是这个世界里的一片云，存在各种可能性。当鸽子飞去，我发现角百灵如一只魔幻世界中的小兽看着我。它的面部色彩让人惊讶，仿佛它即将登场，面部被油彩一一涂抹。它的黑色胸带宽阔醒目，如同一圈围脖，一条黑纹从脖颈拱起，似桥梁连接眼睛和喙，它的头顶，黑纹飞檐一般向两边翘起，那是它的角羽。原来是一只雄性角百灵，那所谓的角，不过是两簇羽毛。

雌角百灵鸟我也见过，没有翘起的羽角，看上去，更像一位戴头巾系围脖的朴实大妈。还有一种角百灵，脸部的白是黄色的，黑纹不变，看上去，尤其像舞台上的角。

角百灵不同于其他鸟雀的是，当它受惊，并不会瞬间逃离，而是呆立不动，仿佛受惊的昆虫，以假死蒙混过关。

我通过眼睛看到的鸟，自童年到现在，没有讨厌的。前一段时间，读佛经，也读一些物理学书籍，它们统一口径，说，我们眼睛看到的，并非就是事物本来的样子。我相信这是真实的。事物本来经不起解剖，它们不过是一堆七零八碎的组合，它们骗人耳目的，恰是这经过了万千程序的组合。很多时候，我明白不应固守，却还是愿意被它们的表象蒙蔽，并乐此不疲。譬如现在，这只角百灵像午睡醒来的牧神，在迷蒙的阳光下，在牧场万千植物的背景前，安静地看着我。我相信它就是它本身，此一时即全部。

大噪鹛

2018 年 7 月 25 日

暮色下垂时，我站在树林深处与一只灰斑鸠对望。几天前，我曾对朋友说：如果拍鸟，首先要将自己静止成一株植物。然而此刻，当我将自己站成一株杨树，离我五六步远的灰斑鸠不动眼珠地看我几眼后，还是很快便认出我属于不怀好意的人类，于是一拍翅膀，朝树林的另一边飞去。

我安慰自己，灰斑鸠太过神经，反射弧本来强大，脑袋瓜儿又会算计，跟它较量，无疑自取其辱。灰斑鸠也有不惹人懊恼的时候，譬如它在地面上觅食，一步一叩首，如果不是脖颈上的半圈墨线，完全是鸽子的翻版，连温顺殷勤也都复制过来，了无新意。不过作为鸽子的近亲，灰斑鸠到底与鸽子不一样。灰斑鸠可以栖息在树枝上，鸽子却只能在屋脊上歇脚。农人说，鸽子不落树，意思雷同于雁不栖树，但农人又说，鸽子要落就落在百年大树上。

大暑后，阳光炽烈，地面仿佛有无数的汽车大灯在发出耀眼光束。白天不敢出门，日落之后，才拖鞋子上山。薄暮将山林罩得寂静，走很长一段路都听不见鸟叫。按理说，傍晚时分，鸟儿回巢，声声归鸟乱投林，山林应该最为混乱，如同下班时分大街上的人声车流。然而不是。走过缓坡，拐弯，又经过一片高大青杨林，才看见一些黑色剪影，快捷而准确地飞进林子去，认不出是什么鸟，总归是回巢的。这种时候，树梢上的风都已平息，熟悉的那几株枯树上的鸟洞，黑乎乎的，没有声息。鸟儿们难道这么早就已酣睡，既不秉烛，也不夜宴？

散步的人走过，三三两两，有着渐次不清的面孔。一只小狗，颈带黄色闪光项圈，跟在人后，颠颠地跑，那闪烁的黄，如夜幕中的一捧火。人们在夜晚不肯早睡，原来是为了思谋和制造诸如发光的狗项圈这样的事，不禁好笑。夜色深浓得快，仿佛一杯苦咖啡在慢慢搅开，但微明天光依旧在树梢上。路过低矮稀疏的杂木林，听见两只鸟叫，依稀听出其中一声似在呼唤，另一声则作应答。移步进入，看到两只大噪鹛在一株山柳枝上休憩。说休憩，并不准确，天光下，它俩彼此依靠，更像入睡前的拥衾而谈，或者，围一盏小小的灯，说些零碎。

大噪鹛的鸣声不同于山噪鹛，它们的声音也都与它们的身形不匹配，尤其是山噪鹛。山噪鹛一身褐，色泽暗沉，一点都不清爽，感觉它一出声，就是一阵沙哑的嘶叫，实际上它的鸣声清越，婉转动人。大噪鹛羽色驳杂，背部缀一些白芝麻似的斑点，想必它的叫声，更应该喑哑，但它一鸣叫，分明就是一阵女声花腔。

暗淡的天光下，自然无法看清两只鸟的羽色，但凭借声音和它们背部隐约的白色斑点，还是能分清它们是大噪鹛而非山噪鹛。逐渐靠近，移动的身体不小心擦过身边树枝，发出细微声响，一只大噪鹛似有警觉，静立一会儿，朝附近树枝上飞去。留下那一只，愣怔之后，一边左看右瞧，一边着急地啼叫。显然是母亲和孩子，刚刚正在夜话，被我惊扰。母亲飞到安全处，等孩子过去，然而幼儿不明缘故，见母亲突然离去，担心之余，站在原地大声啼叫。

因为我的静无声息，大噪鹛母亲还是很快飞回，于是场景便又恢复到此前不久。

四十年前，祁连山脚小小的村庄内，许多夜晚，我和母亲都坐在一盏煤油灯下。那是母亲用一个装过凡士林的玻璃瓶改造而成的油灯，灯芯粗，煤烟拧成一股，直冲屋梁，屋子因此被熏得乌黑。即使没有风，灯火也总是跳，一闪一闪的，墙壁上的人影，便也跟着高高低低地晃。有时候，我故意将脑袋凑近油灯，墙壁上的影子便格外大。山里的夜晚，如果没有风雨，村外河水的哗哗声就从窗户挤进，飞蛾也跟着进来，绕着灯芯飞，用手去赶，它们生气起来，四壁乱撞。虽然吃过晚饭，睡前还是要进食一些东西。贫瘠年代，没有什么可做消夜的，除了青稞面饼和一碗色泽暗褐的茶。

说过的话都已不记得。母亲很少说她年轻时候的事，尤其在夜晚。如果是白天，譬如我们去山上，或者在菜园，母亲会偶尔讲一讲她的童年，那总是遥远年代的事，隔着山水，有些朦胧。总是夜凉如水，不说话时，我就着摇曳烛火翻几本已经破旧的连环画，母亲也会拿起一本来看。母亲上过几年学，会写简单的字，读一本连环画，绰绰有余。如果没有画本，吃过简单东西，坐一坐，便早早睡去。那是一间坐东朝西的屋子，小窗户朝西开，垂一条旧花布窗帘。月光好的夜晚，灯火熄灭后，我将脸贴在窗玻璃上，可以看到屋外一地清辉。

那些夜晚，很少听到鸟叫。如果远处山林中偶尔有什么声音，我们也不当一回事：林子里，总该有些看不见的东西生活着。

斑头雁

2018 年 7 月 27 日

斑头雁是世界上飞得最高的鸟，一年能两次飞越喜马拉雅山。虽然我一直生活在青藏高原，却从未走近喜马拉雅山，我所见到的，不过是别人看见之后拍摄下来的，那是别人的视角，带着别人的情感与审美。世界上最高的山脉，我自然想一睹真容，想在山下停驻半分钟，任长风横过，拍打面颊，至于攀登，如果能够，走几步也觉欣然。我在年轻时攀登过一座海拔四千多米的山，那实在不算高，但在后来，频频引以为荣，时常谈起，文字中也曾多次出现。如果我攀登了喜马拉雅山，不知会怎样傲然，不知文字中会带上多少冷峻与清气。

不知是否确然，说斑头雁只用八个钟头便能翻越这座大山，无法想象。多年前看一部蓑羽鹤飞越喜马拉雅山的纪录片，曾被深深震撼。蓑羽鹤在飞越途中经常遇到金雕等天敌的围追堵截，天敌固然是一道难关，但天敌同时是力量的来源，它会激发你潜藏的能力，使之爆发，让你对自己刮目相看。它们面临的主要困难来自残酷环境：云雾笼罩下的绝壁险峰，冰川匍匐，大风无定期刮过，暴雪伴随，气流瞬息变幻，氧气极度稀缺。决心飞越的蓑羽鹤，排成阵列，互相鸣叫，渐飞渐高，但是恶劣气流突至，它们不得不折回，等待下一时再飞。在艰难的飞越时刻，每一次扑翼，都是一次拼命，它们却从不放弃，直至将世界上最高的山峰揽于翼下。

有时会想，如果人类也习惯迁徙，以庞大的阵容，携老扶幼，从一个大洲到另一个大洲，从一个温度带到另一个温度带，跨过海洋，翻越群山，日复一日，年复一年，不知会怎样。若果真年年迁徙，风雨无阻，不知人类社会是会变得更好还是更糟。

我见到斑头雁时，它们正在青海湖平静的水面上漂游，仿佛一列渐行渐远的船队，在与此岸告别。那是七月，湖畔油菜花刚刚绽放，养蜂人自远方奔袭过来，扎了帐篷，磕长头的修行者一步一步行进在遥无边际的路上，他们的皮肤已被太阳灼伤，戴头盔的骑行者，疾风一般自他们身边晃过，游客是此时最三心二意的人，他们东张西望，伸开臂膀，熙熙攘攘。湖水依旧是蔚蓝的那块高地，它的色泽并不会因为人群的突然增多而变化，也不会因为他们的热闹而激起微波。水鸟早过了喧嚣的求偶期，斑头雁的雏儿也不再嗷嗷待哺，它们早已随着妈妈，行进在列队中。孤帆远影碧空尽，天空自然碧蓝，此刻的帆却不再孤单。

万物之间的告别真是无时不在。才相逢，告别已经来到，很多时候，它们甚至交织在一起，分不清到底是相逢还是告别。想来我们在时空中的相聚，看似不断靠近，实际上也是在不断分离。

见到斑头雁头部特写的一张照片，这种外形呆萌、飞翔能力绝佳的鸟，居然有一双清雅古典的眼睛：状如一滴水珠穿过雨雾，暗棕色虹膜，金黄的眼圈仿佛用笔细细勾出。眼神过于熟悉，仿佛我童年时期的一个学友。我们共同待在那座山村小学的时间不超过一学期，也没有过分亲近，她是邻村的女孩，细瘦，瓜子脸，很少微笑。在人群中，她并不顾盼生姿，那仿佛含着山泉和冰雪的眼睛，只安静地盯视，绝少分析，绝少判断，也无过分惊喜，有时如微茫的歌声那样露一点忧伤，或者一点点欢欣。我们在一起的时间似乎总是走路，那是回家的路，穿过长长的枝柯交错的杂木林，蹚一条小河，拐个大弯，再蹚一条小河。如果风起，有一段路旁的青杨萧萧不已。

三十多年过去，我始终记得那双眼睛，那份清丽秀雅，那份孤高尘外。

归根结底，斑头雁是一种高贵的鸟。听它鸣叫，仿佛在听七弦琴或者古筝演奏，高山流水、万壑松风、石上流泉、渔樵问答，无一不在其中。斑头雁本来应该生活在有雪山的湖畔，或者蒹葭苍苍的水域，偏偏有人将其喂养，供它一些人工饲料，让其在矮墙内徘徊，使之肥胖，还让它和大鹅生儿育女。大鹅尽管曾是翱翔天空的雁类，但毕竟离雁已经太远，它早已堕落到人间，沾染了人的习气。

棕背伯劳

2019年7月30日

棕背伯劳站在珍珠梅高出的一枝上，不停歇地聒噪，仿佛南方的蝉。有一次，在苏州山塘街的水边，我听到一种蝉叫，声音异乎寻常地大，以为那是一只鸟。跑前跑后去找，没见到，朋友解释那是一种不寻常的蝉。不寻常的蝉，应该有某种鸟大，起码跟麻雀差不多，才配得起那么大的声音，我因此记住了苏州那种未曾碰面的蝉。蝉鸣是因为腹部有鼓膜，声音再大，持续时间再长，也感觉不到费力。棕背伯劳一直叫，音域窄，发音频率高，天光下，张开的小嘴巴来不及闭合。我仰头看几分钟，替它憋一股气，喘不过来，便坐在石头上大口呼吸。

郝懿行形容伯劳，说“其飞纵纵，其鸣鶪鶪”，鶪鶪，容易理解，伯劳的叫声。古人称伯劳为鶪，自然以声得名。但鶪这个名字不顺口，东飞鶪西飞燕，不如东飞伯劳西飞燕好听。“其飞纵纵”，理解起来有些麻烦。伯劳非椋鸟非麻雀，不喜欢拉帮结派，自然不会鸟飞千白点，日没半红轮，至于飞得快、猛、准，请问哪只鸟不是有方向而快速地飞。伯劳“句句句”地叫，有人说其叫声充满不快之感，恶鸟的名声，此乃原因之一。又有传说，认为伯劳是周宣王时大臣尹吉甫的孝子伯奇魂魄所化。尹吉甫听信继室谗言，误杀前妻之子伯奇，后悟，哀痛不已，一次外出，见一只从未见过的鸟站在树枝上悲鸣不已，尹吉甫心动，认为它可能是伯奇所化，于是说：是吾子，栖吾舆；非吾子，飞勿居。那鸟果然飞来停在他的车上，跟回家。鸟为魂魄所化，民间便认为伯奇“所鸣之家必有尸”，认为不祥。至于七月鸣鵙，说伯劳阴历五月开始叫，阴历五月阴气始动，是为“贼害”。伯劳因此成为“贼害之鸟”的说法，感觉更为不妥，五月开始叫的鸟多了去，难不成都是恶鸟？

所谓欲加之罪，何患无辞，从一只小小伯劳鸟的身上，就能看出人的胡搅蛮缠。好在后来曹植为其恢复名声，伯劳若知，当感恩才是。

不过伯劳确有一种看起来比较邪恶的技能。伯劳喜欢吃昆虫、蛇蛙之类，它抓到蛇抓到老鼠，不会活吞，不会摔到地面，而是先戳到树枝上，一点点，血淋淋地将其撕扯。有时受惊吓飞走，尸体扔在原地，被风干。若来年树枝重新发芽开花，尸体还挂在那里，看上去颇为诡异。“鹦鸣在上，蛇盘不动”，这并不真实。事实是，伯劳逮了蛇，将其钉在荆棘上，使其不动。

中国花鸟画里的鸟，要么是仙鹤喜鹊之类预示祥瑞，要么是尾羽修长的孔雀寿带之类，要么是雉鸡鸳鸯色彩艳丽，要么是鹰鹭翠鸟戴胜之类某部位夸大突出。平凡的鸟自然有，麻雀燕子，大鹅野鸭，它们一到画中，便会以某种审美意向取悦于人。归根究底，生活与艺术始终不是一回事。宋之后，伯劳也渐渐出现在这样的画作中。看画上的伯劳，和树枝上的伯劳不一样。艺术作品里的伯劳，与意境结合在一起，是意境的一部分，如果剥离了意境，它便是孤单的，不完整。树枝上的伯劳，光着膀子露出胸，原生态，珍珠梅换作新疆杨，午后换作日暮，它还是它。它的背景反过来以它为背景，离开它，便显得僵硬。然而不管是哪里的伯劳，看上去，与邪恶没有任何关系。如果非要说有，也不过是目光更凌厉些，嘴巴有点像鹰隼，爪子强健，脚趾有利钩。

也许是午后过于安宁，伯劳无波动的聒噪让夏天更显慵懒。夏天就应该这样，风早已扬长而去，阳光棉袄一样堆在地上，蜻蜓们一声不出，小蝇子在空中集体巡游，暴马丁香的花已谢，蔄草结出淡黄色颖果，一条有鳞的小鱼跃出水面，另一条睡在水面上。时间愈来愈远，事物因而变得模糊，人们都在昏昏欲睡，记忆里的身影越来越单薄，伯劳就在梦境边缘，扯着嗓门叫啊叫。

之三

雍雍鸣雁，旭日始旦。

—山鸟暮过庭—

渔鸥

2018 年 8 月 9 日

暮春，兰花湖畔开满马蔺花，展眼去望，一片蓝紫。马蔺这个名字，一直都没得到大家的认同，取而代之的，是马兰花或马莲花。小时候看电影《马兰花》，怎么都不相信那朵开在高山上的花朵就是身边的花。花在电影里，无限美好又无限神秘，闪烁无法靠近的光，令人生发诸多想象，身边的马莲花，固然美丽，却平凡到可以任意折取。马蔺的叶子细长凌厉，柔韧性好，能编制马、鹿等小动物。马蔺花谢之后，结出的荚中有大而饱满的籽粒，等籽粒变浅褐，可用火烤着吃，但不能多吃，因为有毒。马蔺的花蕊不多，只有三枚，贴着花瓣，如果将其抽出，细嚼，植物的清香外，一股淡淡的辛辣。不论如何称呼，马蔺总是大片生长，能迅速将一片原野据为己有。马蔺花独放，一枝柔曼，成片，蓝色尤为壮观，若逢黄昏，橘色光线打在花瓣上，原野便是深紫的绒毯。

立秋后，我在兰花湖畔见到的马蔺，已渐渐老去。植物老去，到底与人不同，容颜虽旧，但神情从容，没有因为岁月不待而流露惶恐，也无怨尤。当然，一些植物不能陪人老去，一些人也不能陪一株植物老去，人与植物，终难相映成趣。说来惭愧，马蔺花几乎年年见，却从未注意过它彻底枯萎的形容。印象中，它最老的模样，就是结籽之后，叶尖透出的一点微黄，再往后，譬如西风如何自一丛变黄的马蔺叶子上吹过，从未得见。

植物会老去，不知眼前的湖水，是否比去年更老一些。

一只黑头渔鸥正在忙碌。

它在水面上空的飞翔带有明确目的，这点一眼便能看出。其实任何鸟的飞翔，都有目标，想不出曾有哪只鸟，会在高空优哉游哉，毫无目的，飞翔从来不是为了消遣。它并没有向湖的中心地带飞去，而是沿一段湖岸线来去逡巡，大约这块地段有某种鱼类积聚。自然，它一头扎进水中，叼上鱼来的概率并不高，数次都是徒劳。不过那突然间一低头，垂直扎进水中的姿势，比运动员跳水，更加干练果敢，毫无犹疑流露。运动员跳水，要佩戴相关装备，它却不屑此类装备，感觉它在入水那一刻，连瞬膜都不眨一下。

它的两个孩子站在一块沙洲上，洲小，自然没有白苹，依稀可见几茎高草，它们的家应该就在那里。我们的孩童时代，每日贪玩，天地总有新鲜事物，不知厌倦。现在隔水看一对小渔鸥，却看出一种寂寂等待的索寞寡淡。两只小渔鸥长时间站立不动，水波浩渺，起初我将它俩当作另一种灰白色水鸟，后来看到大渔鸥捉了鱼，飞去给它俩喂食，才知它们是在等待父母归来。

几天前的一则报道，一位专业摄影师用一组连拍，记录下了英格兰法恩群岛上一只黑背鸥生吞渔鸥幼崽的情景。照片中，贪心的黑背鸥趁渔鸥不注意，偷走它的幼雏，将其衔在嘴里，腾空飞去。尚是毛茸茸一团的小鱼鸥不知所措，抖成一团。渔鸥妈妈看见，紧追不舍，试图救下幼鸟，但黑背鸥并没有将幼鸟还给它的母亲，情急之中，它边飞边将幼鸟囫囵吞下。照片里，让人难忘的是幼鸟即将被黑背鸥吞下时渔鸥妈妈的眼神，惊恐、伤心、绝望。

多年前曾做一梦：我和女儿站在水边，那条河水势不大，但浑浊，好像上游刚刚下过大雨，泥沙都被带下。水面原本平静，后来突然卷起漩涡，波涛涌起，一个浪头打过，将女儿卷走，我急忙跳进水中去拉女儿，但波浪瞬间便将女儿淹没。于是我在水中大哭，一边绝望地跳，一边想，我也跟着这水流走便好了，然后醒来。醒来后，心脏隐隐作痛，而那种绝望，绳子一般将人紧紧捆缚。

渔鸥在非繁殖期，头部羽毛白色，一到繁殖期，头部羽毛便变黑，与棕头鸥有点相似。渔鸥头部羽毛的变化是瞬间变黑，仿佛戴上一个黑色面具，还是一点一点，仿佛夜晚慢慢到来，不清楚。有一次在梦中，我看见一只鸟换羽的过程：它飞过我眼前时，仿佛在穿越一道透明幕布，黑褐色的羽毛自头部变化，然后脖颈、身体、尾部依次穿过，它最终成为一只有金棕色羽毛的鸟。那只鸟不大，与浴火重生的凤凰相去甚远。

戴胜

2018 年 8 月 10 日

2014 年，我曾写下一篇名为《戴胜》的短文，回忆记忆中的那只戴胜鸟。

“一哄而散后的寂静中，我看见那只鸟，旁若无人地，在我面前一步一点头地走。它染着黑白色端斑的羽冠随着脚步开开合合，像极了一把棕红色折扇。我甚至以为，它身体中藏着一只手，在那里操纵和控制。那一时，路面依旧湿滑，泥土闪烁雨的光泽，一些车前草匍匐开来，显得倔强。没有风，空气中隐含柴胡芬芳。这是清冷夏季，近处横贯山腰的云杉林中，布谷在啼叫。戴胜继续走路，刚才发生的一幕，它显然没看到，或者看到了，它也无动于衷。人走的一条路，对它来说，似乎有些长，而且弯弯曲曲，时常被阴影遮蔽，但这些它不需要知晓，或者它早已洞察，方显得如此镇定。我有些气恼，这世界看似相连，却各自包裹，彼此视若不见。戴胜昂起头，羽冠合拢时，它的羽冠便和细长而向下弯的喙呈现在一个弧度上，这使戴胜像极了一把正在举起又落下的镐头，而且装饰华丽，冷若冰霜。”

时间果真像一杯牛奶，一旦泼在过去的事物上，再凌厉的记忆也会润滑如丝。童年遇见的那只戴胜鸟，因为只见过一次，后来回忆时，似乎并不是一只生活中的鸟。它已经与时间融为一体，散发出时间的朦胧之光，任何时候，任何地点，它都可以显现出来，但在那种呈现中，它已不完全是它自己。

2018 年初秋的一个傍晚，我再次看到戴胜。起先我以为自身边飞过的不过是一只大斑啄木鸟，并未在意。这个夏天，我见过的大斑啄木鸟太多，已不新奇。我甚至花三十多分钟，仰头看一只大斑啄木鸟站在枯去的树干上打扮自己，还窥探它夕阳红的私密下腹；也见过自树洞中探出头来的它们的雏儿，胖乎乎的新生者，大张的嘴巴似乎能将天地吞下。后来，当那只鸟飞过，停在不远处的云杉枝上时，我还是反应过来，它不可能是一只啄木鸟：啄木鸟不会这样随意驻足在一棵又细又小的树干上。

果真不是。

它细长而尖利的喙几乎有身体的一半长。想一想，它一不叼鱼，二不吃火锅，长这么长的喙岂不浪费。也许它可以隔着小溪捉些金龟子，但总归是奢侈。不过这修长的喙和大羽冠结合起来，倒存有几份帝王威仪，尤其当它行走时，它的喙高高抬起，冕一般的羽冠尽力向后仰去，“大风起兮云飞扬，威加海内兮归故乡”。可转念一想，如果一只天牛活着经过这细长的喙而落入它的肚腹，绝望该会有多长。有人说它在地面找到虫子后，会用力甩头将虫子抛起，张口吞入，颇有炫技的嫌疑。实际上，我并没有看到它甩头，也没听到它鸣叫，我只是看到它飞起时展开的有着黑白条纹的两翼，仿佛一条摆动的西班牙舞裙。

它的羽冠始终折叠。当它落进草丛啄食，再次飞起，到水沟的另一边，当它又飞回原地，旁若无人地行走，我都没看见它将羽冠打开。没打开的羽冠，如同一柄没有展开的折扇，带些矜持。记忆中那只走一步便将羽冠打开一次的戴胜，原来只是想象。回忆居然能成为想象，多么不可靠。

然而我还是惊喜，久别重逢似的将它尾随。在开阔的高草丛中，它神情专注，有时完全放松警惕，不自觉地挪步到行人踩出的小道。草地边缘是黝黑的云杉林，戴黑色头盔的灰喜鹊不时飞到草地上嬉戏。我来来去去，蹑手蹑脚，惹得它们生气，“嘎嘎嘎”发起言语攻击。我断不在乎别人说三道四，何况是群起而攻之，情急之中的愤怒，更与我何干。

自然，我根本没有将眼前这只小小鸟和西王母联系到一起，直到后来，回味“戴胜”这个漂亮名字时，才思及那“豹尾虎齿而善啸，蓬发戴胜”的部落首领。搜寻一些图片来看，原来所谓“胜”，不过是我们小时候吃过的包着纸皮的水果糖模样。头戴那样生硬的发饰，仿佛顶着两担木柴，不好看，而且与戴胜鸟的羽冠没有多少相似处。人们当初给鸟取这个名字，大概也只是灵光一闪，没有深究。不过就戴胜鸟的整体形象来看，倒也像个神话人物。

然而它只是一只美丽的鸟。那之后，在草原上，我多次注意到戴胜，无一例外，它都在独自行动：低低掠过草尖，草丛中独步，俯首觅食……心无挂碍，了然无物。更加熟悉戴胜的人说，戴胜在抚育子女时，雌鸟根本不出巢，心安理得坐月子，吃喝拉撒全在里面，雄鸟不辞劳苦，找了虫子来喂雌鸟，百般恩爱。想来戴胜鸟的爱情也不过是半夕深浓，一朝散尽。

黑头鳾

2019 年 8 月 13 日

终于见到一只体形不算完美的鸟。如果它是个小孩，我肯定早已将目光移开，以示他的发育正常，然而这是一只鸟。鸟会有自尊心吗？有。但鸟儿凡事看得开，不在乎。于是我带着一颗看热闹的心看它的尾巴。那尾巴也太短了，不仅短，还秃，仿佛用了好几年的半截笤帚。到现在，我算看明白了，鸟身上最显气质的，首先是尾巴。尾巴越长，气质越高贵，反之亦然。一只凤凰和一只大公鸡的羽毛差不多，但一眼看去，大公鸡就是打鸣吃糠斗来斗去的命，凤凰就是非梧桐不栖，非醴泉不饮的神圣，区别主要就在那尾巴的不同。大公鸡的尾巴也算有气势，但乱蓬蓬如杂草纵横，凤凰的“鱼尾”，看上去仿佛从孔雀身上借来几根练尾，“五色点注，华羽参差”，却蜷曲得格外高贵，修长得不入凡俗。尾巴是它们不同命运的关键所在，重点之重，如不信，你让凤凰换个大公鸡尾巴试试。

黑头鳾因为尾巴短，加之没脖子，浑身圆滚滚的，像一个白菜大肉馅的饺子，又像一个矮小的胖子裹了件蓝灰色棉袄。好在它的喙比较长——虽然没有戴胜或长嘴鹬那样过分，不过比起它那种体形的鸟，显然有点长，又是细细的，像插在脑袋上的一根吸管——这多少让它的憨厚老实有了些灵气。提升黑头鳾气质的，还有它的一对眉纹，白，排刷刷出一样，粗，边缘毛毛糙糙，且从额基上扬一直到后枕。上扬的眉毛显得有英气，同时也让眼神凌厉：回旋秋色溥清露，凌厉西风嫩紫霜。黑头鳾的眉纹总算挽救了它。

鸟儿扒着树干找虫子，据说唯一能头向下尾朝上往下爬的就是鳾属的鸟。能爬树的鸟儿多，旋木雀、啄木鸟等，都是头朝上从下往上爬，不稀奇。啄木鸟一边爬，一边绕着树干兜圈子，所以要仔细观察啄木鸟，观察者最好能和它统一轨道绕着树干兜圈子，但啄木鸟永远喜欢绕到看不见它的那一面去，不管你转得晕不晕。啄木鸟爬树，还得借助尾巴的支撑。两只脚，一根尾巴，这三点组成坚实的基座，保证了它们在树干上的灵活。旋木雀同样用尾巴做支撑。黑头鳾从上往下爬，头不能做支点，而尾巴多少有些碍事。造物主于是将它的尾巴变得短小一些，无用一点——造物主总是考虑了所有细节，殚精竭虑。所以，黑头䴓的招牌动作是，倒爬在树干上，头高高扬起，仿佛在重申那句名言：谁和我一样用功，谁就会和我一样成功。

一只鸟用不同的角度看世界，不知什么感觉。天地是否颠倒，阴阳是否互换？来过的人，飞去的鸟，是否错乱？

我笑眯眯地看那只头朝下的黑头䴓时，它正忙着将一只肉色的肥虫藏到树皮中去。但是它始终找不到一个称心如意的地方，将虫子塞进这个缝隙，试一试，衔出，又塞进另一个缝隙。一棵小小油松，树干不粗，树皮不怎样皴裂，找来找去，都不恰当。一只精益求精的鸟。

黑头䴓有储藏食物的爱好，善于为寒冬做准备。只是现在，立秋过去不久，暑气犹在，虫子藏在树皮下，如果不能尽快风干，便只有腐烂。如此忙碌，到头来只有腐肉佐餐，岂不扫兴？也许是我过虑，说黑头䴓藏食物，大多时候藏过即忘。一个有健忘症的鸟儿，找出食物，藏起，然后忘记，这跟直接找食物吃有什么区别。或许人家玩的正是“我开心就好”，孩子们的理念。

黑头鸸胆子大。我慢慢接近，唯恐将其吓走，然而人家根本不为我所动，无视我的存在，一直在那树干上找粮仓。我虽然渺小，蹑手蹑脚，但松林里还有其他人，正在使劲吹萨克斯，嘶哑结巴的声音自铜管跌跌撞撞而出，能将并不繁茂的松林撕裂，而且那人就坐在黑头鸸几步开外。

生存之道，胆子大固然好，刀山火海都敢闯一闯，胆子小，也没错，前狼后虎都避开。只是像我这样，年轻时什么都拿得起放得下，仿佛能纵横天涯，到如今，前因后果，百般谨慎，算是无趣之极。

灰头鸥

2019年8月27日

坐在田埂上，我对两只小云雀的午后时光发生了兴趣。很显然，我的到来惊扰了它们，可这广袤原野又不仅仅是它俩的，我便赖着坐在田埂的草丛中。高原八月，其美不能言。云在天空大开大合，风呼啦啦长时间吹，麦子抽穗，金黄油菜大片相连，地头苔草深至膝盖，翠雀花幽蓝，马先蒿的浅紫和异叶青兰的白已将草丛渲染，青山远处绵亘，烟岚也在那里。少见人烟，庄稼的生长，更多时候似乎只靠老天。小云雀的雏儿大约在麦田中，也可能在油菜地里，还有可能在田埂的高草中，无法确定。因为当我注意时，发现小云雀夫妇已经在布迷魂阵：鸣叫着在麦田上空悬停一会儿，飞到路旁一棵小云杉的枝子上，左右观望，然后到路面捉虫子，逮够一嘴虫子，再飞到云杉上观望，然后依次飞进麦田、油菜地和高草丛中。

在我到来之前，它俩是否也如此这般谨慎小心地哺育幼鸟呢，不清楚。或许它俩的午后时光极慵懒：打个盹儿，梳理梳理羽毛，找五个肥胖的虫子，三个自己享用，两个带回给孩子，展示歌喉，半空中嬉戏片刻，追一只蝴蝶，误入歧途……大约不可能。鸟儿应该最自律，懂得慎独，不屑人前人后各一套。没人监视时，想必它们依旧勤谨，任劳任怨，遵守自己的秩序，恨不得将大地上所有的食物都喂给孩子。如果选劳模，除掉大杜鹃那几个投机取巧者，大多数鸟类都应该入选。当然，像我这种擅自闯入者，是不受欢迎的，这从它俩咄咄逼人的叫声就可以断定。如果原野和天空有围墙，有柴扉，想必它俩早已关门闭户，拒我于门外。所谓小扣柴扉久不开，不一定是柴扉里面没人，有可能是来者不受欢迎。不过在原野上，面对花鸟鱼虫，我是厚颜无耻者，它们如果侧目，如果议论，我也会将那些言论奉作真理。

两只灰头鹀站在穿过原野的电线上。有一瞬间，我将它们当作休憩的小云雀，但百灵科的小云雀是不会站在电线上，如同雁不栖树那样。刚才那两只在云杉枝上观望的小云雀，攀住的，是云杉枝顶端松针簇成的小圆球。一只灰头鹀与另一只灰头鹀相距约五十米。这是不远不近的距离，既非陌路，亦非熟络。其一只高声鸣叫，神情专注，一只沉默不语。像一对中年夫妇。

它们之间不会有事发生，我想。于是伏身，用手机录下风过醉马草的样子。醉马草的穗子已经泛黄，若是小时候，肯定要将它们一一拔回家，晒干，扎成扫帚用。小时候，总想将原野的许多东西带回家，一把醉马草，几棵柴胡，一枝川赤芍。现在，走进原野，仿佛回到了家。如此一时风突然变大，叶子击打叶子，发出啪啪声响。不放心，再次抬头看那两只灰头鸫。发现鸣叫的那只灰头鸫，一边叫，一边向沉默的那只慢慢挪过去，试图靠近，但那只静默者，沉思片刻，毅然离去。

早先，另几只灰头鸫谈情说爱时，我曾在水畔将其关注。灰头鸫属于鸟中的黏液质，不喜欢柳莺大山雀那般在枝上蹦来跳去。灰头鸫的雄鸟为讨雌鸟欢心，会做出撒娇模样：跟在雌鸟后面，也不出声，只将两翅耷拉下来，不停抖动，仿佛雏儿在讨要食物。我性情算不上急躁，大约也不柔婉，看灰头鸫雄鸟那死皮赖脸的样子，觉得无法忍受，可那只灰头鸫雌鸟，居然一点都不厌烦，任其傻来傻去，丢人现眼。

我也曾见到它们的雏儿跟在母亲身后讨要食物的情形。那是一个多月前，在一座已经寥落的医院草坪上。灰头鸫的嘴角、眼线和面颊为黑色，整个头颈喉胸为灰色，远处看去，就一愣头青，俗名青头楞大约因此而来。那只雏鸟面颊的黑色尤为严重，看上去仿佛因为街头约架而鼻青脸肿，但它的母亲格外宠爱它，片刻不离，找出的每个虫子都喂它，典型的慈母形象。

粗略算算，灰头鸦短暂的一生，我大致也见到了。此刻雏儿羽翼丰满，离巢而去，留下的中年夫妇，便将日子过得按部就班，既没风暴，也无微澜，活着仿佛本该这样。

三道眉草鹀

2018 年 9 月 4 日

如果几只三道眉草鹀混进麻雀群中，仔细看，还能分辨出来，但当一只三道眉草鹀单独停留在电线杆上，如不借助望远镜等观鸟设备，则怎么努力都看不出来。当我走出那扇大门，因为习惯，一眼看见电线杆上的三道眉草鹀时，并没认出来，只是想：特立独行。鸟类中的独行侠很多，如果一只麻雀成为独行侠，这个世界势必有些糟糕，我因此多看了它两眼，继续往前走。

村中栽植许多核桃树，却不见核桃结出，朋友说是因为一场寒流。那么是寒流冻坏了核桃花，还是冻死了核桃果，又不清楚。对我来说，核桃树终究是陌生植物，像一个陌生人站在我面前，他的过往我一概不知，他的内心我揣摩不透。不过眼前的核桃树，看不出遭遇过什么，椭圆形的大叶子伸展在树枝上，即便是秋天，绿意还是水般充盈，叶子密集处，是夏季庭院似的幽暗。核桃树下是种植的玉米，地不大，结出的棒子细细瘦瘦，玉米须却蓬勃，很显然，主人对这些玉米并不存什么厚望。玉米之外，又是更多的果树，我认识的，也不过是梨和苹果之类。大大小小的果子吊在那里，带些挑衅的味道：来啊，来摘吧。但我不会轻易动手。此前有一次，我在野外摘了一枚胖乎乎的白蘑菇，把玩片刻后就开始后悔：它应该继续地老天荒。

我还是想看看核桃到底结没结出，这样，当我驻足一棵老去的核桃树下，仰头探看浓密枝叶时，见到了三道眉草鹀。

这实在是一种与树麻雀相似的鸟，尤其当它们不出声的时候，如果它们鸣叫，娇媚而委婉，绝不像麻雀们那样杂乱直白。不过它们终究不是麻雀属的鸟，羽色还是存有差别，尤其是脸部。无疑它们都是大花脸，但三道眉草鹀的脸是由褐色及黑白色构成的图案，有修长的白色眉纹；树麻雀白色脸部直接涂了块脏兮兮的大黑斑。此外，树麻雀鼓着污白肚皮来来去去，三道眉草鹀则有着高贵的栗色胸带，至于它们的尾巴，完全可以忽略不计。如果细比较，还是能看出些差别，三道眉草鹀的尾羽外缘裹道白边。

有四五只吧，在核桃树最幽深的枝子上，并排挤在一起，仿佛正在取暖。这个早晨虽然落了雨，此刻却天气晴好，又是午后时分，阳光温煦，想来它们不是取暖，而是在睡觉。鸟儿在白昼酣睡，这说明此刻该有多安详。

果真是安详的。环顾村庄，不见劳作者，不见闲谈人，亦不闻鸡鸣犬吠。离核桃树不远，是一所门户大开的院落，依稀见得院内水泥地坪上，一只黄色小狗睡得正酣，脑袋婴儿似的枕着地面，旁边一株花椒树高过爬满苔藓的院墙，枝子探到墙外，粒粒花椒鲜艳如珊瑚。院墙外是散落的几株翠菊，正在开花，还有一棵玉米。再远处，两株高大白杨静无声息。要知道，白杨是无风也要萧萧的树木，此刻，它们收敛起叶子，只将树干裸露，泛出些银白的微光。穿村而过的小路上，除去我，再不见他人行走。

这便好解释了。三道眉草鹀原本是不怎样进村庄的鸟，它们更喜欢落脚在丘陵和高山上，在灌丛、岩石和开阔的地面行走与觅食，逢着冬季，偶尔也来到山谷和平原，蹲踞在落尽叶子的枝柯和电线上。它们需要的是空旷与寥远，需要眼观八荒，它们不喜欢被逼仄的环境所囚禁，也不愿接近麻烦的人类。然而现在，村庄里更多的人纷纷外出，迁徙的鸟那样，村庄愈来愈寂寥，于是它们成了外来户。

村庄的一些空白被鸟雀填满，这固然好，但长此以往，村庄会怎样？它们是否如一粒粒饱满的果实，渐渐枯萎，皱褶横生，乃至完全瘪掉？它们最终会不会像一些等待的鸟巢那样，被悬挂在记忆的枝杈上，风雨飘摇？

翠鸟

2019年9月5日

如同人不可貌相，鸟儿也绝不能用鸣声来判断其形貌。猫头鹰大眼睛圆脸盘，小嘴巴仿佛碰弯了的钉子，看上去一脸无辜，却能在夜晚发出鬼族的啸叫。听普通翠鸟的声音，还以为是一只细嘴长尾的小山雀站在枝头鸣春，声音清脆，没有杂质，音频也高，小嘴巴一打开，音符如一颗颗露珠弹出。但是见到翠鸟之后，再无法相信那鸣声竟出自那样一个大嘴巴。若单看翠鸟的喙，觉得它的鸣声即便不似乌鸦，也应该雕鸮那样，音色浑厚沉郁，胸腹腔同时共鸣，一段咏叹便是一生，然而不是。鸟类的一些事，断不能按人的思维去理解。

翠鸟是南方的鸟，这一点毋庸置疑。不过南北方的人都认识翠鸟，这完全是因为小学三年级的那篇课文："翠鸟喜欢停在水边的苇秆上，一双红色的小爪子紧紧地抓住苇秆。它的颜色非常鲜艳。头上的羽毛像橄榄色的头巾，绣满了翠绿色的花纹。背上的羽毛像浅绿色的外衣。腹部的羽毛像赤褐色的衬衫。它小巧玲珑，一双透亮灵活的眼睛下面，长着一张又尖又长的嘴。"现在的语文课本上还有没有这篇文章不知道，但翠鸟已经像一张画，在我们的记忆中一次次印刷。

南方的鸟，我最熟悉的，是白鹭。随便回忆一下到过的南方，都有白鹭飞：雨天的秦淮河，洱海苍山，浙江天台县的一个小村庄，成都开满杜鹃花的市郊，黑陶数次描写的丁蜀镇，冬日广东惠州的一个集镇，三亚的稻田……以前读文章，常见“白鸟飞过”，或者“白鸟悠悠下”，觉得“白鸟”一词清气四溢，却不知那白鸟为何鸟，现在明白，觉得置换成 “白鹭飞过”也不错。按道理，南方的乌鸫也常见，然而我去南方，见它的次数并不多。有几次它在人家的公园里踱步，退休的老头那样，有几次它在人家山头的树枝上。乌鸦蹲在树枝上全是隐喻，乌鸫蹲在树枝上，怎么看都像一个谣言要掉下来。

白头鹎、红耳鹎、绣眼、鹊鸲，也是我在南方见过的鸟。这些鸟，我从未在高原相遇，但是大白鹭，秋天时，会来到日渐萧条的高原。深秋，我去看大白鹭，见到两只，正在水中觅食，S 形的长脖颈，踩高跷一样的腿，黄色的长嘴巴，一身白羽，让人想到周瑜。

过几天，又跑去看，因为报纸上说，迁徙到湟水河畔的白鹭有二十几只，然而只见到一只。应该还是我见过的那两只吧，不知何故，其中一只不见了踪影。湿地公园的一位管理人员也爱看鸟，骑一辆自行车，背笨拙的老式望远镜。我们偶尔聊天，说的全是鸟。他说额甲白色的是水鸡，我便纠正那是白骨顶鸡；他说还有红色额甲的水鸡，我说那才是黑水鸡；他说去年来了二十多只大白鹭，今年来的，应该还是它们；他说有翠鸟，总有好多人跑来拍照片。

我便连着跑几天，都未见到翠鸟。我想管理员的话也未必可信，什么鸟来高原我都信，包括凤凰和青鸟，唯独不信翠鸟。想象不出翠鸟在天空飞翔的模样，它应该是长时间站立的鸟，是长时间观察的鸟，是长时间等候的鸟，如果飞，也只会飞向鱼飞向水墨画的鸟，它不应该绝云气，负青天，不应该飞向风暴飞向高寒。

然而翠鸟还是来了。

见到那只翠鸟时，我正在水边走。秋天过于安静，水声便分外响亮。世界上真正不愿安宁的，是流水，我喜欢群山的原因也在这里。芦苇长在水边，水畔又有千屈菜和黄菖蒲。黄菖蒲似乎从未开过花，千屈菜只疯长。白杨也是新栽，细细瘦瘦，茁壮的，是还在开花的蜀葵。秋天的水，倒映岸边草木，仿佛水下面是另一个草木乐园。岸边系条小船，上红漆，应该是塑料的，因为它停泊在那里，已经快有一年。翠鸟就停在船舷上，蓝色的一只，我绝不认为那就是一只翠鸟，便回忆蓝色的鸟还有什么。然而除了海南蓝仙翁，我又不认识其他蓝颜色的鸟。如此在脑海搜索时，它一拍翅膀，飞向水面。

我在那时候，看见它头顶和翅膀上的绿，看见它腹部的橙棕，看见它的大嘴巴和红色的腿。

一只小小的鸟，怎样辗转，来到高原?

多年前，我时常做一些飞翔的梦。我在幽暗的院子里起飞，飞不高，勉强飞过青苔斑驳的院墙。院墙外的村庄，房屋小巷，只能辨别方向。使劲飞，想着千万不要掉下去。我知道自己没有翅膀，力气只好使在胳膊上，但是胳膊也并没有举起。我的眼睛似乎离开我，在前方将我观望，我因而看见自己在下沉的空气中，更像一尾已经不会游水的鱼。我知道自己不会飞得太远，村外那条小河都未必飞得过去，但是飞翔的感觉那般奇异。没有快乐，除去一点摔下去的恐惧，剩余的，全是惘然。那自然不是因为我在飞而不是在走的惘然，而是，最终将去哪里的惘然。

我知道我到底不是一只鸟，如若是，在梦里就不会有前路不明的迷茫。

白喉林莺。

2019年9月6日

从未在生活中听过夜莺唱歌，因此难以想象的情境始终是：花木扶疏的庭院，月华如霜，坐在高大山楂树下，或者坐在二层楼有风拂过的露台，感受未眠花自叶间送出幽香，看灯烛明灭，听夜莺在常春藤上歌唱……无论怎样想象，有月光的夜晚，始终无法与夜莺联系起来。记忆中有月光的夜晚，如果有鸟声，无非是几只猫头鹰：我们走在银色的山路上，两侧群山如同屏障，月光始终不能将群山照亮，森林挽在山的腰际，愈加暗沉，猫头鹰突然叫几声，使泛白的山路愈白，使黝黑的群山愈黑，使流水的声音愈加遥远。

我因此认为，所有林莺也都是庭院里的鸟儿，喜欢精致，喜欢淑女和绅士。它们的身形纤细，它们的羽毛，时刻注重的缘故而梳理得一丝不乱，甚至还镶嵌某种色泽的花边。它们喜欢茉莉花和蔷薇的芬芳，喜欢拂着白纱的露台和栏杆。它们始终围绕爱情和诗歌，它们的举止因而优雅贤淑，它们只生活在诗词和有故事的书籍中。

然而事实并非我猜想的那样。夜莺和林莺，根本就不是一个科的鸟，夜莺也与莺无关，它不过是新疆歌鸲和欧歌鸲的一种统称。

夜莺和林莺的血缘关系，在很早的时候，就已泾渭分明。它们并非囿于庭院，长期定居，它们和其他鸟类一样，习惯迁徙，自由往来于森林与河流之上。

遇见那几只白喉林莺时，正是过境鸟逗留的九月。我坐在水边石头上，为刚刚遇到的一只鸟犯愁。那是一只比麻雀大不了多少的鸟，羽毛花纹与大噪鹛无异，嘴巴微微下弯，尾巴稍长，从哪个角度分析，都觉得是种噪鹛。遇见它，纯属意外。我在灌丛旁的小径上走，眼睛习惯性在灌丛搜寻。在一处底下开阔，上面被枝柯罩出穹顶的幽暗角落，看见那只鸟。它似乎受了伤，或者被父母遗弃，一动不动站在湿地上，可怜巴巴望着我。我急速思忖鸟专家提供的几点救助方案，似乎都不妥，因为首先我靠近不了它。它的小眼睛充满警惕，准备随时从我眼前逃掉。若要帮助，先得取得它的信任。我因此放松自己的举止神情，站着不动，表示出善意。然而它并不因为我的好意而放松警觉，继续将我盯视。如此持续两三分钟后，它突然小老鼠一般跑进灌丛深处，徒留我在原地愣怔。

我根本不认识它。它鹪鹩似的逃窜，但不是鹪鹩，它的尾巴从不上翘；它似丽星鹩鹛，但确实不是丽星鹩鹛，它没有那样小。仿佛凭空出现的一个物种，不携带任何人类附加的定义和特征。

这时候，白喉林莺的歌声嘲笑一般在空中响起。

因为采沙，河道早变得破烂不堪，大石横亘，开阔的河床上，见到的是一股细如绳索的流水。河漫滩地，遗留几株黄花柳树，它们围成一座孤岛，阳光将阴影放在那里，一些城春草木深的意味。断定白喉林莺就在那几株黄花柳树上，便靠拢过去。

四五只白喉林莺果然在树枝上嬉戏。这是只有温暖季节才能见到的小鸟，它们一定热爱阳光和果实，也热爱空中飞虫。因为小，加之上体灰褐，下体近白的素朴，阳光下很难将它发现。跟山雀一样，它们也玲珑，也好动，绝不肯在原地多停留一分钟。我看见它们时，两三只在树枝间飞来飞去，另一只在空中捕食。某一瞬间，我清晰地看见它一个转弯，截杀一只飞虫，叼着它，返回树枝。还有一只站在树梢上放声歌唱。

它带着歌唱家的气质侧身在那里，两脚一前一后八字打开，它以 45 度的角度昂起头，但它纤细的小嘴并没有对着天空，也没有对着大地。如果对天是控诉，对地是怜悯，它的角度，恰好将歌声送向远方："不知何岁月，得与尔同归。"它头顶灰色的羽冠微微上翘，它抖开喉部白羽，使之蓬松。它沉浸在自己的表达中，没有任何表演成分。

据说大杜鹃最喜欢对林莺下手。它们将自己的蛋产在林莺巢穴中，然后让林莺做孩子的母亲。大杜鹃的孩子一旦孵出，比林莺父母还要大出许多倍，它推推搡搡将林莺的孩子逼到野外，自己独享恩宠。一直不明白这看上去异常聪明的鸟，为什么连自己的孩子都分不清楚。不过据说笼养的林莺，一眼便能认出造假者的蛋，它可绝不会义务饲养一个冤家对头。

灰雁

2018 年 9 月 7 日

终于见到灰雁，在白露到来之前。我原本在看一面池水，初秋的水，全是细纹，仿佛老去的脸。水也会老去，让人惋惜，理智却说，那不过是秋天的风行在水上。确也如此，水畔的蒲苇芦花上，不见丝毫风的踪迹，它们静立，几柄朱红百日菊盛开在它们旁边，还有浅紫的黄芪，波斯菊也在嫣红——夏花未老，何谈秋来。然后我看到一只白鹅。我以为那是一只瓷做的鹅，或者塑料制品。它浮在水面，姿态娴雅，曲项微举，一动不动。人为的景观，我想。这样的景观扫人兴致，我便将镜头对准一串红蓼，然而在定格时，我看到大白鹅在红蓼后面歪了歪头。

于是我见到十几只鹅栖息在水边滩地上。那应该是它们长期生活的地方，那里的草已消失不见，取代的，是细沙和白石，大鹅的粪便也零零散散。此刻正是休息时间，它们卧在那里，有几只扭着脖颈，将黄色的喙塞到翅下，有几只，正在耐心梳理羽毛，慢条斯理却又一丝不苟，也有几只羽色不一样的鹅，和白鹅们混在一起。我在小时候就已见过大白鹅，被人家养来看门护院，我们小孩子偶尔经过那些人家，必得心惊胆战。现在看它们，似乎也不是什么凶神恶煞，它们沉浸在初秋稍凉的阳光中，与世无关。

朋友坐在远处水边喝茶，我走过去，看见一株沙枣树将枝子探下，抵到桌面。沙枣结得潦草，三三两两，伸手摘一枚来尝，除了沙软，没什么味道，手臂却被刺戳伤，以前我竟然不知道沙枣枝上有刺。阳光尚好，坐在藤椅上翻看刚才拍下的照片，照片里，那几只混进大白鹅中间的鹅，它们黑色的嘴与额之间有一条白色细纹，它们背部的羽色灰褐，又杂些淡白斑纹，它们的脖子截然分成两种颜色……一瞬间，意识突然过电一般，明晃晃耀眼：那是鸿雁。

等我跑去，它们正起身，笨拙地，一只一只下水，游过一段水路。一只鸿雁带头，大白鹅和其他鸿雁相随。在水面，它们轻盈灵动，目不斜视。我尾随它们，看它们绕过水中一个大弯，看它们爬上水边斜坡，看它们到灌丛去寻找吃食。它们爬斜坡时，又显出它们的笨拙，摇摇晃晃，秩序却依旧井然，没有前拥后挤。

曾经引起无数次想象的鸿雁，现在再一次出现于眼前，让人兴奋以至不知所以。我原本以为，我必当于高冈，必当于瑟瑟秋风，必当于哀鸣嗷嗷中，才会望见它们，同时望见长空逝水，落月沉沙……然而想象抵不过现实的瞬息一变。

但是后来我知道，它们并不是鸿雁，而是雁鹅，一种像极了鸿雁的鹅，被人饲养。说不上好，也说不上不好。

之后，我看见灰雁，它们游弋在丛林间的水泊。稀疏的水生植物将水泊剪成碎块，天空的云也将天空隔成碎片，这样，水面上的天空比头顶的天空还要破碎。水面上的天空依旧宝蓝，如同琉璃的碎块抛于此，每一片都被擦拭干净。云影也在那里，蜻蜓飞过，水蚂蚱在原本便有涟漪的水面点出波纹。静寂，水泊周围是杂草和沼泽。两只灰雁在水泊觅食，它们身后，是三只幼雁。幼雁尚小，暗褐色，即便隔一定距离，也能感觉那是毛茸茸，捧在手中暖暖的一团。那自然是一对称职的父母，它们潜入水中，找到虫子，或者一些植物根茎，然后浮出，逐个将它们送到孩子嘴中。

我能确定，那不再是被饲养的灰雁，而是自南方飞来的灰雁，或者来自更遥远的南方之南。它们带着南方的温婉，在高原的大地上筑巢，孵卵，然后在寒冷到来之前，回到南方。它们来时，尚是青春年少，它们归去，已是儿女成群，它们是天空的游牧部落……可是，当我这样毫无新意地抒情时，却发现一个问题：现在虽是九月初，气温已经急转直下，今年的高原，雨水隔三岔五就发作一次，频繁的雨水使温度降低，再过几日，气温会更低，最迟，它们也要在十月初离开此地，而它们的雏儿那样小，千里的路，怎么飞？如若不走，待到万里冰封，又该如何？

祈愿时间是一粒麦子，能够重新发芽，祈愿季节能够回到春天。

家麻雀

2018年9月16日

以前，我曾开玩笑说，“在我有限的经验范围内，我发现有两样东西瘦下去后，就没能再胖起来：一是麻雀，二是我”。那时，我以为世界上的麻雀就一种，即那种耳根有黑斑，看上去仿佛永远抹着大花脸的麻雀。童年时候，与我们密切相伴的那些麻雀，都是圆滚滚的，蹦起来似弹丸。那时麻雀特别多，早晨或傍晚，它们聚在院外的青杨树上，叽叽喳喳吵闹不休，每逢那时，我们便说：麻雀在开会。现在知道真正意义上的开会，大家都是静悄悄的，发言者只有几人。八十年代后，很长一段时间内，麻雀们突然失去踪迹。没有麻雀，山村静下来，反而不习惯。那段时间，与麻雀们同时消失的，还有猫。那漫长的不见猫的时日，我始终想念曾经养过的那只猫，渴望有朝一日，猫们能重回人间，以各种懒散或高傲之姿走过，让痴迷者继续痴迷，让憎恶者继续憎恶。然而那时又始终觉得这一愿望再无实现之日，猫族或许已经属于过去，并将封存在古老的故事中，与壁炉和蜡烛相处。

然而麻雀却又多起来，猫也是。猫以空前的姿势暴涨在村落、马路、街巷和自媒体中，名目繁多，个个美貌。再来的麻雀们，却突然减了肥一般，身材苗条，细脚伶仃，让人同情。那么它们在失联的那些时日，到底经历了什么，以致如此颜色憔悴，形容枯槁。

当我成为一个粗糙的观鸟者，才明白这瘦下去的麻雀，跟多年前的胖麻雀虽然同是树麻雀，却不是同一亚种。文鸟科的麻雀们，多的是，不仅仅有树麻雀，还有家麻雀，黑顶麻雀，山麻雀。而仅仅树麻雀，又有十多个亚种。分支如此细碎，仿佛一串葡萄。

遇见家麻雀前，我已经否定我生活的这个地方有家麻雀存在这一事实，我甚至已经决定，我见到麻雀再也不探究它是哪一种了，因为除去在西藏布达拉宫前的广场上见过几只黑顶麻雀外，我所见到的麻雀都是树麻雀。

那仍旧是秋日傍晚，我在山路上走。我已经结束了一段尾随鸟雀而蹑手蹑脚的时光，尽管我只尾随了一只黑喉红尾鸲和大山雀，剩下的时间内因为不需要随时注意树枝间的颤动和哪怕一丝细微的鸟的声音，走路便随心所欲。蹲下身捏捏路边亚麻细碎的籽，给尚在葱绿的野草拍照，用只适宜观鸟的望远镜看月亮——和太阳同时挂在天空的月亮，永远只是一张布满大大小小凹坑的剪纸。山路并不崎岖，一直向前延伸，这样，山路便完全袒露在视野中，仿佛一条铺开的略微发光的灰色布条。

山路上有过早掉落的树叶，偶尔有小蝇子晃过眼际，无所用心地向前看，见到大约在五百米之外，两只小雀静静伫立山路中央。本能地停下脚，拿起望远镜，因为逆光，两只小雀黑乎乎的，正在那里扭着脑袋，一动不动。根本看不清是什么鸟，悄悄往前挪两步，再看，还是不清楚，两只鸟依旧保持原来的姿势不动。再挪，再看，还是原来的样子。如此趋近几次，突然明白，那是两枚青杨叶子，叶柄卷起来，仿佛小鸟脑袋。虚惊一场——每次与鸟相遇都是如此，必得屏住呼吸，所有动作都控制在极小的范围内。

于是仍旧往前走，既然是树叶，我完全可以大步带风。秋日的傍晚实在迷人，阳光斜射过来，洒在土块上、岩石上、苔藓和菌类上，洒在树叶和花瓣上，也洒在我身上。光给我以温暖，同时给它们以前所未有的明净和绚丽。忍不住又用手机拍阳光在草叶上的模样，蛛网的弧形，千里光花瓣上的纹路，边拍边行。然后，抬头的一瞬间，我僵立不动，瞠目结舌：眼前三米左右，那两枚树叶早已变成两只鸟，歪过头，傻傻地看着我，依旧雕塑般保持不动。

我原先就应该明白的，树叶再怎么安静，风是运动的，尤其是这山上的风——早先我明明看见其他的落叶都像小毛贼一样走过路中央。

但是时间已经错过——我完全在一百米的距离中，一步一步向它们靠近，仿佛看两位天外来客那样，带着惊喜，将细节一一欣赏。然而现在，当我恍然大悟，当我驻足，屏息凝神，大睁眼睛时，它俩从容地拍动翅膀，起身，向路边的云杉林飞去。它俩自一开始，便在告诉我：机不可失，时不再来。

然而那有什么关系，我懊恼地自我安慰。在那短暂一瞬，我已将它俩看得清楚，那是两只家麻雀：雌鸟耳部没有黑斑，浑身色淡，那只雄鸟将耳部黑斑挪至喉下，仿佛打着一个领结。它们的小眼睛无一例外地，圆溜溜如葡萄籽——我曾在书本上一次次看它们的图片，现在图片与实物终于合二为一。

《枕草子》说，看来污秽的东西有鼠窝，早起迟迟不肯洗手的人，白痰，盛油的容器，流着鼻涕到处跑的孩童，以及小麻雀。其他我都没意见，唯独小麻雀，宁可翻脸，我也不会认同。

凤头䴙䴘

2018 年 9 月 17 日

鹔鹏膏是不是一种普通的凝脂呢，思来想去，不知道。最早见杜甫诗句“健笔凌鹦鹉，铦锋莹鹔鹈”时，我甚至连鹔鹈都不认识。《尔雅注》说“鹭鹈，似凫而小”，鹭鹈即鹔鹏，野鸭子多了去，绿头鸭、绿翅鸭、斑嘴鸭、针尾鸭、赤麻鸭、秋沙鸭、赤颈鸭……大小不一；“似凫而小”，参照物范围太广，这句话可以拿来抬杠：比绿头鸭小或者比赤颈鸭小都是小，绿头鸭是野鸭里的大个头，赤颈鸭是野鸭里的迷你型，到底是哪个？古代大约鹔鹏很多，以至于人们将它捉来剖出油脂做膏，再拿膏涂抹在刀锋上，使之莹润铿亮，一尺寒光。

凤头鹔鹏在水面上，远远看去，朦朦胧胧像鸭子，但是近前，那修长的荷的花柄似的脖颈却像某种鹤，待其飞起，神态又似大雁。鹔鹏是经不起细细观察的鸟，它身上的每一部分，似乎都从其他鸟类身上借来，它是鸟中的四不像：它有马可尼罗企鹅一样的黑羽冠，有红脚鹬一样细直而尖的长嘴巴，有秃鹫一般的皱翎，几维鸟似的没有尾巴……当它在水面，如果忽略掉它的颈部和脑袋，它圆滚滚的背更像一只漂浮的水葫芦。然而它就是它，一种有着古典名字的鸟，一种在恋爱季节喜欢对视和跳舞的鸟，一种羽冠直立皱翎甩动时显得凶巴巴的鸟，一种看似机械组合却又独一无二的鸟。

我见到那几只凤头䴙䴘时——我必须不厌其烦地记下我见到某只鸟的时间与地点，唯其如此，惊鸿一瞥的记忆才显庄重——重阳即将到来，这是一个山山黄叶的大撤退的时节，空气中充满某种焦虑，以及因为流失而来的衰落与怅惘。这种季节里，大度的人更容易偏向遗忘，因为错失而遗忘，因为无奈和听天由命而遗忘；斤斤计较的人，则容易沉陷于记忆，落叶和杂木林一般的记忆，那里光线幽暗，枝柯相击容易发出斧钺之声。

西宁市的北川河因为改造，两岸多出许多草木，也许以前也曾树木蓊郁，但我从不曾见得它的过去。载我去看北川河的出租车司机说，她小时候常去河边姥姥家玩，那时大河汤汤，水中芦苇苍苍，涉水而行，采来东方香蒲的穗子可以止血。但回忆终归已成回忆，她还是将路走错，带我走进一家灰尘覆地的建设工地。周转之后，终于见到河流。河中芦苇也许依旧是多年前的那些，香蒲或许也是，不过水面觅食的白骨顶鸡定然不是当年那一群。游人闻讯而来，有些嘈杂，白骨顶鸡们却气定神闲，捞水草时，跳水跳台的运动员那样一头扎入水中。渔鸥低翔，几只凤头䴙䴘游弋在宽阔水面，我沿岸行走多时，它们始终不肯朝岸边靠近一步。

如果是春天，凤头䴙䴘们谈起恋爱，往往会跳起异常曼妙的舞蹈。它们通常不会有主动的献媚和被动的无可逃避，而会相互欣赏，彼此取悦。它们相逢，如若心意相通，首先会彼此凝视，以从对方的眼眸中读取信任，然后分开，扎入水中，寻找定情礼物，那通常是一根水草。它们带着礼物，因为心花怒放，情不自禁，会直起身体，让彼此胸部相撞，直到碰出晶莹水花。接着它们会舞出一系列高难度的“探戈”，它们或者昂首，或者低头，或者摇摆，或者旋转，此时它们的羽冠伸展，皱翎打开，它们的头部几乎是一朵绽放的花。当它们心意已决，终身私订，它们会再次深情凝望，轻触对方的喙，仿佛轻吻，之后双双游去，共筑爱巢。它们不存在男尊女卑的等级分化，孵卵事宜由双方轮流承担，至于喂养，当然由母亲包揽，这是上天赋予的伟大权利，父亲们只好假装逍遥而暗自垂涎。

现在，兵荒马乱的育儿阶段已经结束，它们的孩子也已长大，时间从容起来，水面上的它们，阳光那样安详。而它们身边的阳光正在水面跃出银色鳞斑，芦苇也将倒影投下，那仿佛是另一些芦苇向着水下生长，一些漂浮的深色水草，它们的根在水面之下成为悬崖。当你老了，头发花白，睡意昏沉……不，它们尚未老去，它们的春天还会到来。

猎隼

2019 年 9 月 19 日

公路两边大片土地种植某种看不清楚的藤蔓植物，不似土豆，也不像豌豆，下车去瞧，却是党参。记忆中，党参生长在幽深的林木深处，终年不见阳光，细茎缠绕植物高秆，偶尔开花，一两朵钟形小花自绿叶中探出，温良恭俭。现在，它们突然移居到太阳底下，仿佛到达一个灵魂无法栖居的地方，只有肉体可以生长。阳光肆无忌惮，这使它们体内的水分有遗失殆尽的可能，不过它们并没有因为阳光的暴烈而萎靡不振。它们旁边，另一些土地，显然种了白菜。壮硕的白菜已被铲走，流浪他乡，遗留下的，小而羸弱。它们更像这个时代的留守者，白霜将其冻伤，秋雨又将伤口浸洇出水。一头黄牛拴在地头，它努力伸长脖颈，试图将那些白菜卷入口中。

远处电线杆穿过农田，羊牛下山。

记忆中的秋日午后，人们挥镰收割，田里全是青稞。弓腰的人向前，茬地后退，山下树莓初染。现在，这些大块完整的土地让位给树苗和药材，只有那些靠近森林的山坡，才有如同边角材料的零散田地，种植些小麦和油菜。对待这样小打小闹的田地，人们自然懒散，穗子和长荚收取后，扔下的茬地杂沓无序。

我踩过这样的小麦茬地，到高冈上去，因为几只红嘴山鸦一直在高冈之上的天空盘旋。天蓝异常，不见云，红嘴山鸦如同幕布上的黑色小虫爬行。穿着登山鞋，手脚并用，跌跌撞撞往上爬，听得旁边围坐在坡地上喝茶的几个农人正将我议论。有什么好议论的，无非是我一介女子野兔般满山乱跑，脖子上还吊个望远镜，仿佛有什么大事需要完成。不过请放心，除去星际舰队和量子隧穿，我对人构建的世界没有多少兴趣，我更愿意将时间耗费在一只小兽和小鸟身上。于是继续往上走。

山外是山。站在高冈上，才看见更巍峨的山在远处连绵，雪将那些山头覆盖，雪之下，铺展的是黑色的泰加森林。鸽子在更低的原野上成群。它们的数目那样庞大，以至一起飞，便是一层银光闪烁的云。长久盯视，不知道它们要做什么。它们如浪潮涌起，一大片，在天空旋转几圈，又祥云般降落地面。然而在地面并没有停驻两三分钟，再起飞，再降落，如此反复。鸽子是极其灵敏的鸟，身边一点风吹草动都会使之警觉，也许原野并非真如眼前这般安宁。

这样，仰头在浩瀚的蓝色天空一点点搜索，终于见到一个斑驳的点在慢慢移动。

确定那是一只猎隼。

由于高度，由于它离我实在太远，在望远镜中，拉近的，其实只是一个依稀能看见腹部偏白，杂有黑色细纹，翼尖深色，脚偏黄的猛禽。高原上，天空中的猛禽，常见的无非是鹰鹫之属，这些鸟，各有气质，秉性不一。兀鹫秃鹫在云际盘旋，始终带些老旧气息，当它靠近，仿佛阴暗的百年城堡移动过来，让人窒息，尽管实际上，它们不过是一些与黑暗并无关系的大鸟。大鵟金雕黑鸢猎隼系列，天生的霸主气概，凛然不可侵犯。“竦身思狡兔，侧目似愁胡”，我偏爱的，是它们的容颜，高鼻梁，深眼窝，金光自眼中射出，锐气十足。始终不明白一些画家画鹰隼，眼神中为何非要添加一些难以稀释的深仇大恨，将一只帅气的鸟，活活画成阴府的鬼卒。实际上仔细看它们的眼睛，与猫头鹰没有多少区别，它们的视力好，盯视异常专心，不像人，眼光四散，找不到焦点。

在天空，那只猎隼并没有向鸽群移动。它似乎畅游在另外一个天空，那是一个向宇宙敞开的天空，不知名的星体在白光下隐蔽，空间在那里弯曲，关于时间的悖论，也已消失，它可以飞向未来，也可以折返，飞回那花瓣般放射的过去。它的世界不存在俯冲，不存在毛血纷飞，它只要始终浮动在天际，像神灵衬托出永久即可。倒是附近的鸽群，时时惊诧，不肯有片刻安宁。

我始终没有近距离看过一只猎隼。网上找出一些照片，看到猎隼与人的距离有时竟然那样近，一个相机镜头就可以将其完整捕捉，然后呈现。我可以容忍它站在猎人晒黑的手臂上，也能容忍它独自栖息在草原网围栏的水泥柱头，唯独不希望它如山雀般无限接近人群。

松鸦

2018年9月24日

民间之所以将松鸦和戴胜都称作山和尚，总结起来大致有两种原因：其一，它们的羽色，有点像和尚穿的袈裟；其二，它们的鸣声似和尚念经。说它们的鸣声似和尚念经，实在不能赞同。戴胜叫起来，似布谷又像斑鸠，不过布谷将两音节隔得山一程水一程，全是忧愁，斑鸠喜欢用“咕咕——咕”三音节诉说，而戴胜只是潦草的“咕咕”两声就作罢，松鸦呢，多是沙哑短促的“啊——啊”几声，缺乏美感，和尚念经总不该这样吧。至于羽色，戴胜以栗棕为主，杂以花斑，青藏高原上的松鸦大体粉褐色，这两者都接近赤褐的袈裟，还算说得过去。如果就形象而言，戴胜更似帝王，松鸦，按照埃诺斯·米尔斯的说法，是“知识分子，也是贵族、独裁者和专横者”，但在我看来，松鸦更像一位高智商的花花公子。

好事的科学家拿松鸦做实验：盛水的长颈瓶里装几只虫子，水只盛到一半，松鸦怎么努力都吃不到虫子，旁边分别放一些软木塞和石子，松鸦先将石子啄进瓶中，水面稍有升高，再将软木塞啄进瓶子，木塞飘到上面，水面并没升高。松鸦判断良久，终于只啄石子，放弃软木塞，最终水面升到一定高度，松鸦吃到虫子。科学家说，松鸦的智慧相当于六七岁的儿童。

六七岁的儿童，如果遇着急性子家长的教导，早已“天地玄黄，宇宙洪荒”地背《千字文》了。

2018 年中秋节，在一片蔓延至整座山坡的桦树林中，我与一只松鸦相遇。秋日的桦树林异常静谧，尽管时有几只暗绿柳莺躲藏在枝叶中鸣叫，偶有孤鸦拍翅而过，植物们却始终默不作声，只悄悄呼吸。土壤也在呼吸，看不见的浮游生物飘来飘去，风流连于白日梦游。林中多是白桦，银白的树干长满苔藓，也有一种名叫柳花菜的菌类生长出来。这些片状的淡绿色菌类可以食用，摘来洗净，用水泡软，拌上作料，能与发菜媲美。夹杂其间的红桦树皮褴褛，随手一揭，便可撕下一片，薄而脆裂。它们的叶子却都一样，细碎、纤巧，仿佛五代的一些小令，此时一半已经变黄，另一半仍旧葱绿。阳光不太好，这使黄色的叶子稍显暗淡，使绿色的叶子愈加沉静。松鸦事先并没看见我，它嘴中叼着什么，莽撞地飞来，显然有目标，却蓦然看见我，只好临时偏离航向，暂停在一棵白桦上。我同样措手不及。我原本蹲在地面摘莛子藨的果实吃。这种白而绵软的小果子，我幼年时曾叫它棉蛋，多年后费许多工夫终于知道其学名为莛子藨，一种理气活血，消肿镇痛的草药。果子很小，且少，只能用牙尖咬，黑色的籽却大。吃两枚，正欲起身，一眼撞见迎面飞来的松鸦。

松鸦再怎么聪明，毕竟不能跟我相比，而且我早已染指许多陈规陋习，懂得佯装不知。于是我便再次蹲下，低头，保持原样，却用眼睛余光将其打量。

它过于谨慎，始终在分析我的行为。它在白桦树干上停驻良久，见我似乎忘了它，或者对它根本不在意，便又飞起，绕树林半圈，兜回来，落在离我不远的地面上，再次观望一番，然后将衔在嘴里的东西埋进落叶中。

地面早有一层松软朽叶，偶尔风过，叶子们零零散散落下，飞鸟如鱼一般，都静无声息。一分钟左右，松鸦终于将种子埋好，再次环顾四周，又盯视我几秒，然后放心飞去。黄绿相杂的林子里，粉褐色的松鸦无疑显得醒目，那翅膀上黑、白、蓝相间的横斑尤其醒目，佩戴的珠宝一般。如果渡鸦是老成持重的先生，此刻飞出林子去的松鸦，无疑是戴着夸张饰品的公子少年。

但我断不能走过去看它埋了什么，它的尊严必得维护。

一些动物行为专家曾经认为，情景记忆不仅仅限于人类，一些动物也有此种记忆，譬如松鸦，它不仅能记得过去，还有未来意识。站在林子里，想到这一点，有些欣慰，却又担忧。欣慰的是，松鸦未雨绸缪，不管计划有无疏漏，不管能走到哪一步，能走多远，总之它在为明天设想。怀揣未来总比频频回顾有希望。担忧的是，除去储存食物之类的实际事务，松鸦会不会在某一天突然杞人忧天庸人自扰再也无法轻盈起来。

从未在生活中见过冠蓝鸦，看图片，它有异常漂亮的蓝色羽冠，蓝灰色肩部，翅膀和尾羽都是典型的黑白蓝斑纹。有人认为中国文化中的青鸟，便是冠蓝鸦，不过据我所知，冠蓝鸦只生活在加拿大及美国东部洛基山一带，它可不会飞到中国的神话中来。如果排除掉冠蓝鸦，青鸟的原型似乎只限于红嘴蓝鹊了。然而红嘴蓝鹊我也没见过。

网络上有一词条，说青海没有松鸦，简直岂有此理。

河鸟

2018年9月25日

河乌绝不是望洋兴叹中的河伯，这点我在未见河乌之前就已肯定。既然它的名字中带“乌”，想必跟乌鸦差不多：浑身乌黑，嘴大而直。但是鸟类学家说，河乌是雀形目河乌科的鸟，与鸦科那属于鸣禽的乌鸦根本没有关系。科学的界定如此清晰霸气，不容逾越，然而民间还是叫它“小水老鸹”。民间的事情，就是如此无理而圆润。

遇见那只小水老鸹时，正是中秋。高原的中秋，寒气已将山林浸透，草叶渐次枯去，桦树叶子也在变黄。原本青杨叶子也要黄去，色泽比桦树还要纯净，但是青杨们早已将枯萎成黑褐的叶子洒落一地，仿佛某种早衰的病症。专家出来解释，说这是因为青藏高原气候暖湿化，雨水增多，青杨无法适应，叶子尚未变黄便早早凋落，仿佛某人尚未白头便已撒手人寰，令人惋惜。好在桦树没有如此娇气，云杉和柏树同样没有撒娇，还有小檗，这使那些长满红桦白桦的高大山坡，树树秋色，红橙黄绿。

是两山之间的湍急水流，溪水来自有着冰雪的高山峡谷，它们汇集此处，成为一面清冷池水。水面清澈，映出两山倒影，波纹细碎。但是这一日阴云低垂，光线暗淡，池底即便有鱼有石，也无法影布石上，更见不到与游者相乐之景象。偶尔几个行人，撩水拍照，牦牛卧于池畔。环顾左右，再无其他，风自水面而来，凄神寒骨，不敢久留。待要返身，看到池水向下游跌落的宽大陡坎上，一只河乌正在戏水。

说戏水当然不确切，河乌正在水中啄食，像每一只勤劳的小鸟那样。此刻它没有同伴，似乎也不需要同伴，激越奔流的溪水才是它的玩伴。它怎样从水流上游飞来，我并未看清，当我见它时，它已一头扑入水中，激起水花。因为隔着一段距离，我以为是一只小鸟失足落水，需要救援。于是向前疾走，稍稍靠近，却发现它正从水中探出身子，嘴里叼一些食物。它是一只矮胖的河乌，褐色身躯，羽毛整洁，脖子下面一块白斑如白色领结那般醒目。

生活在高原，却很少见到河乌。河乌是一种对生活环境极其挑剔的小鸟，它只喜欢水流湍急、岩石嶙峋的溪水与瀑布。我的童年就在与此处一山之隔的地方度过，那里四面环山，清冷河水终年喧哗，春夏秋冬，我们也曾将许多时日浪掷河畔，但从没见过这种小鸟。那时见得最多的，始终是白鹡鸰和红尾鸲，之外便是乌鸦、喜鹊和树麻雀。想来是村前那条大河水流舒缓，老成持重，河乌自然不屑一顾。那里也没有野鸭和鸿雁飞来，如果雨季洪水暴发，倒有大石自山巅滚落，横亘在河水中央。

河乌在水面飞行，只会沿溪水流动的方向飞。当河流转弯，它绝不会从空中截取捷径，不知是何原因，有可能是一只固执的鸟，喜欢循规蹈矩。然而当它停驻在溪流边的岩石上休憩时，却绝不会有片刻安静。它的尾巴始终有节奏地翘起，仿佛鹟科的鸟儿那样，它的小脑袋也随节奏点来点去，腿会同样随着节奏弯曲下蹲，仿佛在跳某种摇摆舞。如果看得再清楚一些，它如豆的小眼睛一眨一眨闪出莹白光泽，让人想到青白眼，却绝对机灵活泼，与贬义的冷漠淡然没有关系。它的嘴巴纤细而直，很多时候，它更像个微微发福的男子，优雅，却又固守规则。

活动在水面的鸟，不像生活在草地和树枝上的鸟那样警惕，因为它们明白，人无法向它们靠近。鸟在水中，感觉安全，因此可以全身心投入当下。如此，这个中秋，我在水边将它关注时，因为时间充足，我对它哪怕最细微的动作都可以做出分析，试图得到解答，不过这一切都是因为好奇，兼之喜欢。那只实际上并不像乌鸦的小水老鸹，在池水中走来走去，偶尔长时间潜水，跳跃时扑腾起水花，时间在它那里，同样舒缓而安全。它是一个务实于生活的人，油盐酱醋，上班放假，步步踏实。

想起那些森林里的鸟，那些山路上一闪而过我未及看清面容的鸟，那些我一驻足便飞走的鸟，我原本良善之人，它们何必将我看成绿林大盗。

褐背拟地鸦

2019 年 9 月 26 日

才是九月下旬，一场雨过，远山顿时变白。也不怎样惊奇，毕竟六七月的雪都见过，秋天的雪，实在不算魔幻。山下大片牧场，种植青稞、燕麦和油菜，因此形成的青稞田、燕麦田和油菜田大到失去边际。青稞已经成熟，油菜也是，燕麦倒是一片葱茏。燕麦黄时，色泽要比青稞明亮。朋友说，青燕麦。青燕麦是不是一直不会老去，想了想，不知道。我所关心的，是这没有边际的青稞燕麦油菜将怎样收割，如果握镰刀的收麦人络绎而来，倒也放心，但现在这个时代，年轻人都背着包裹往外跑，青稞燕麦油菜如果有腿，想必也跑了。被想象折磨得惘然不已，忍了许久，问朋友到底怎样收割。大公司承包，收割机轰隆隆一阵来去，收完了。咿咿呀呀青衣一下子变作机器人，兴味索然。

偶尔一两群麻雀蹲在牧场边的电线上，车子一过，哗啦啦飞起，仿佛溅起许多泥点。好歹也是守着大片庄稼的麻雀，坐拥天下，青稞燕麦油菜随意吃，吃不了还可以糟蹋，这胆子也太小了，不像人群中厮混过的模样。想来也是，这里土地虽然辽阔，居住的人还是太少了。牧民的白帐篷孤零零扎在山弯，隔许久才能看见另一座，藏狗如黑色逗点偶尔移动，搁置的汽车在帐篷另一边，罩着白布，如另一座帐篷。羊群一团团散开在大地上，都是棕色脸面棕色四肢棕臀棕尾的山羊，只有背腹一点白。以前读《奥威尔日记》，对摩洛哥那些棕色山羊充满好奇,暗自猜度棕色山羊是不是显得很老气，像穿棕色衣服的人。现在它们从书中走出，一路风尘到底将棕色漂淡了许多，看上去也不怎样衰老。

休息时跑去看一种高挺的陌生植物，遇见一只褐背拟地鸦，在草丛深处的土堆上，正鼠兔那样抬起脑袋来，警惕地向四周张望。哨兵，我想，它的同伴肯定就在旁边。但我没来得及察看周围，它突然向地下一纵，不见了。

让人恍惚到以为刚才打了一个盹儿。

不过我终于见到了这种叫地山雀的鸟类。

有一次，我看一档自然节目，一位外籍主持人介绍褐背拟地鸦。他坐在草原上，旁边是节目的主人翁——双脚一跳一跳向前行进的褐背拟地鸦。应该在青藏高原，草类叫不出名字，但熟悉，几种盛开的野花，有龙胆和黄花棘豆。他说，褐背拟地鸦是蓝冠山雀的近亲。既然是近亲，想必褐背拟地鸦是山雀科。查资料，说，鸦科。那么它是最小的鸦呢，还是较大的山雀呢，让人糊涂。仔细看照片，发现它自己长得也糊涂：有着鸦一般的喙和身体，却不肯鸦们那样老谋深算地踱步。

褐背拟地鸦还有一个诨号，土里钻钻。顾名思义，它喜欢土里来土里去，土行孙一样，精通遁地术。作为一只鸟，不向天空高飞，却一味沉迷地府，显得没志向。不过鸟为什么一定要向往高处呢。褐背拟地鸦借住在鼠兔的窝里，不用筑巢，没有风吹日晒，肚子饿了，到草丛找找虫子，渴了，寻点水喝，日子过得优哉游哉，神仙一般，而且还有雪雀做同盟：一旦发现敌情，雪雀会前来助阵。

在草原上，褐背拟地鸦、鼠兔和雪雀三者同呼吸共命运。鼠兔是一种被人们严重误解的小动物，一肚子委屈，无处诉苦。人们将草原退化的罪责归咎到鼠兔身上，一次次大规模进行灭鼠活动。人们将 C 型肉毒素拌到谷粒中，再将谷粒撒到鼠兔生活的地方。鼠兔吃了谷粒，毒药浓度大到一定程度，运动神经开始被麻痹，衰弱，无法呼吸，慢慢窒息，以致死去。鼠兔被毒杀的同时，褐背拟地鸦和雪雀的数量也会急剧减少，因为它们同样吃了有毒的草籽。实际上，鼠兔大规模活动，并不会破坏草原，它们吃一些牛马羊不愿啃食的有毒植物，它们挖洞，将土壤深处的矿物质和水分运送到表层，它们的排泄物，又给植物送去营养。草场退化的真正罪魁祸首是牲畜本身，是过度放牧。鼠兔活动的地方，往往是草皮滑落，草茎接触不到土壤的地方，它是草场退化的标志，而不是起因。

不过褐背拟地鸦到底还是有着鸦科鸟类的胆量和智慧。牧人说，别看褐背拟地鸦一个土打滚，干坏事绝不会让狗逮住。它啄破帐篷，抽走绳子，到寺院经堂里溜达，跳到摩托车座椅上兜风，想来也该如此，一种脑容量仅次于人类的鸟，过一过人类的生活，有何不可。

矶鹬

2019年9月27日

寓言“鹬蚌相争”中，鹬和蚌都属于死脑筋。两者相持不下，生死存亡之际，居然还有闲心斗嘴。鹬冷笑说：“今日不雨，明日不雨，即有死蚌。”蚌不示弱，还嘴道：“今日不出，明日不出，即有死鹬。”今日不出，明日不出，鹬喙被蚌钳住，吃不到东西，自然饿死。蚌呢，如果今日不雨，明日不雨，当然也会干涸而死。雨，鹬死，不雨，蚌死，两者各有百分之五十的胜算。但主要的问题是，下雨的概率到底有多大？

《说文》解释“鹬，知天将雨鸟也”，就是说，鹬这种鸟知道天要下雨便作“鹬鹬”声。知道天要下雨便悲悲戚戚抽泣不已的鸟多了去，最常见的，便是鸡。以前人家，院子里会砌猪槽狗窝马厩牛棚，当然还有鸡圈。通常是院子一角，盖起袖珍屋子一座，小门小洞，黑乎乎不见一丝光亮，屋外空出一块场地，篱笆墙一围，便是鸡的世界。主人除去打扫拾鸡蛋，很少到鸡的领地去，麦粒谷糠之类，隔着篱笆撒几把即可。如果哪日主人大动干戈，走进鸡圈，多是坏事。鸡明白这种情形，一旦主人打开篱笆居心不良地进来，鸡们便又跳又叫，撒泼一般，试图抗争。不过大多时候，鸡们只要下蛋下得勤快，打鸣打得响亮，生活也算悠游，“山静似太古，日长如小年”的理想，在鸡的世界更容易实现。鸡预知天气情况基本在傍晚时分，如果第二天天气不好，有雨，鸡们一上架就开始各种抱怨牢骚，唧唧哝哝不肯罢休，似乎只要它们表示不满，天气就会好转。如果逢着阴雨，天地都被细雨打湿，积水满园，花草倒伏，亮晃晃冷飕飕一个水世界，牛羊出不了门，青蛙乱跳时，鸡们在架上更是怨妇一般哭哭啼啼无休无止，让人无限烦恼。

如果鹬果真能预知天气情况，鹬蚌僵持不下，天昏地暗时，鹬可能比蚌要更早感觉到幻灭或者胜利。假如它稍微灵活些，及早做出判断，乾坤便可扭转，而蚌，采取死生有命富贵在天的态度最为恰当。

自然界的鹬很多，鹬蚌相争中的鹬，据说是蛎鹬，一种赤足，体羽黑白相间或者纯黑色的中性涉禽,有一个长而锐利的红色大嘴。蛎鹬喜欢跟踪沙滩上的双壳类软体动物，它啄食这些猎物的方式有两种：突然袭击张开的壳，将喙深入两壳间，仿佛剪刀那样剪断连接两瓣壳的内收肌，然后将已经失去反抗能力的主人啄出，如果软体动物早有防备，壳紧闭，蛎鹬则用蛮力，将一面壳敲碎，然后啄食。鹬蚌相争中那只钳住鹬喙的蚌，应该有极快的反应能力，不畏强暴，能在蛎鹬将它的内收肌剪断之前将鹬喙夹住，从而相持一番。

蛎鹬多在沿海地区，高原常见的，是矶鹬。矶鹬走在河流中央的沙洲上，如入无人之地。这片沙洲不大，刚能打一场篮球，荒草披离，仿佛河面上的一滴浊泪，几只白眉鸭休憩其上。早先，这沙洲是绿头鸭的世界，还有渔鸥。渔鸥争食，绿头鸭成双作对是惯常情景，现在，它们杳无影踪，“江山轮流坐”的规定，在这里依旧能够执行。矶鹬小小的身子在沙洲一角隐入荒草时，我以为那是一只金眶鸻。但它比金眶鸻高挑，喙也长，直来直去。这片地域也有鹮嘴鹬，还有红脚鹬和孤沙锥，都是大个子的鹬鸟，喙和脚都夸张，要么颜色鲜艳为朱红，要么一根喙长得像武松的哨棒。比起它们，矶鹬几乎不像鹬，走一步，点一下头，尾巴也要点一点，有些点头哈腰的嫌疑。

矶鹬步入水滨荒草，久久不见。我估计它将沿着沙洲边缘觅食，走一圈，待会儿自然出现在沙洲这一面，便不着急，慢慢等。来去在水畔，暮色却不等人。暮色自河上大步踏来，晚风跟随其后。处暑之后好久了，早晚的冷日甚一日，堤岸上野蔷薇的果子已经深红，香蒲的烛越举越高，芦苇开始瑟瑟，我原本要为一支曲子写几个字，却一直听，一直听，听到心绪枯竭，再也不想动笔了。

十几分钟后，矶鹬果真出现在沙洲这一面，一边走，一边低头找虫子。它走着我早已规划好的线路，不偏倚。它将继续向前走，我想，它将走到刚才隐去身形处，那将是一个圆满的结束，然后，它如果以不问世事的方式继续走，会重新开始刚才的路径，结束便是开始。然而当一个椭圆刚刚画完，它一展翅，低低地，飞到另一块更小的沙洲上去了。

在那块更小的沙洲上，它会不会继续步出一个不规则的圆？

我在后来察觉到自己的可笑。替一只鸟规划行进线路，大约是因为有一条既定线路已埋在自己的潜意识中，像蜘蛛结在那里的网，我的每一次行动，不过是沿那条在太阳下闪烁银光的线而动。大约任何无意义的重复，都如此。

白顶溪鸲

2019年10月9日

那在墨绿色的峡谷中孤身一人的少女哟。那一日，倚在白河车站的木栅栏上，目送前往京城的旅人人群的少女哟！我从火车的窗口看到了你那低垂的眼眸中流出的泪水，可你应该没有意识到我这个年轻旅人的存在。我无从知晓与我擦肩而过的你的名字，更不知你为何落泪。刚刚看到你那腰带上的一抹鲜红，我乘坐的火车便已疾驰而过。就这样，冬天过去，春天来临，京城已进入了夏季，却未闻鸟鸣声。生在大山里如小鸟般的少女哟，尽管我们再也没有相见的机会，也请你一定一定不要思恋京城，不要哭泣哟！

再见了，小鸟！

读竹久梦二的短文《致小鸟》，眼前出现的，根本不是那腰带上有一抹鲜红的垂泪姑娘，而是一只真真切切的小鸟。小鸟亦如姑娘，有鲜艳的腰带，那是色泽更为深浓的腹部和尾羽，当它站立，它的尾巴总是翘来翘去，仿佛塞着耳机听音乐踩节拍。它的具有黑色光泽的脑袋顶部，一块椭圆形羽绒白斑如同初雪覆盖，走几步，甩一甩头，那些白雪似乎便要落下。它圆滚滚的肚腹，显示出现世安稳。据说年轻时候，它也会和伴侣比翼齐飞，一旦孩子长大，它更喜欢在高海拔的山间溪流和突起的岩石上独自来去。当它鸣叫，声音细弱，却又仿佛打着口哨。

那一天，在高山峡谷，我们将车停在路边。穿峡而过的公路一侧，大河奔流，靠近山坡，依几间牧人小屋。似乎长久无人居住，土木结构的屋顶已经荒草披离，屋旁木栅栏围起大片空地，同样荒芜。几只黑色小猪绕着屋子寻找吃食，又有几只羽色暗淡的公鸡，同样在草丛寻寻觅觅。多年未见猪崽，自然稀奇，跑过去看。放养在山野里的猪，毛色黑亮，四肢矫健。它们显然不喜欢被人围观，便很快跑到屋后的山坳中去。那天天气不好，欲雨，却始终不见雨滴落下，天格外低，几乎垂到大山腰部，又有薄雾笼罩，世界似乎小了许多。那些覆盖草甸的山体，偶有灰色岩石裸露，溪水也从那里流出，哗哗有声。空气清冷。

就在那时，我见到活动在山坡岩石上的白顶溪鸲。自然是它身体上的红色引起我的注意，还有它头顶的白斑。在雾气浓重的绿色山坡上，那两种色彩异常跳跃，那是一种突破现实的明亮，纯粹到让人以为那就是理想应有的色彩。然而背负理想色彩的小鸟对此浑然不觉，它跳上一块岩石，跃下，然后又跳上另一块岩石，伫立片时，环顾，再次跃下……如此反复，一座山，几块岩石，仿佛足够它挥霍余生。

奇怪的是，那一刻，在路边，我根本没有靠近它的想法。望远镜会将一只原本小巧的鸟变得无比庞大，在镜筒中，白顶溪鸲有喜鹊那样大的身体，但它的神态，依旧是一只玲珑小鸟才有的活泼和俏皮。仿佛要从一个镜头参透整部剧情，利用车子开动前的每一秒钟，我将那只白顶溪鸲仔细打量，试图看清它的每一细节。等汽车开动，在玻璃窗中，慢慢向后离去的小鸟，它身上的那种艳丽，又变得格外幽静。它留在那里，留下一些安宁和简单，而我，负载芜杂，依旧前行。

白顶溪鸲如同隐士，生活在高山地区，喜欢湖泊和溪流，远离人群。读过另一篇文章，写西藏巴松措湖边的白顶溪鸲，说在那里，它是一种常见的普通小鸟，不惧人来人往。之后，有一次去西藏林芝看巴松措，想或许能遇到曾有一面之缘的白顶溪鸲。然而那日天气不好，冷风飕飕，又有些缺氧，身体不舒服，观景的心便淡去许多。高山上的湖泊，四周雪山和森林围绕，自然清幽。走过长堤，到湖中小岛，又从长堤返回，到松萝垂挂的林中小径。在林中，听得树梢小鸟啁啾，却始终不见鸟的踪迹。不能去更远的湖畔和松林，期望之中的白顶溪鸲，自然没有见到。不过却见到许多鱼，湖中的鱼。长堤上，我掰碎一块饼干喂它们，然而它们不为所动。它们更喜欢另一种食物，一位当地妇女用青稞面和成的鱼食，看上去仿佛饵料。它们堆在一起，用来出售。

那几条鱼有些肥胖，与清冷的湖不搭调。

楼燕

2018 年 10 月 11 日

夏天渐远，太阳便也逐渐移向南山。所谓南山，不过是坐在客厅一回头就能看见的一道山脉，低矮，没有奇峰异岭，因为人工不断栽植树木，绿色逐渐将裸露山体遮住。雨水丰沛时，植物也算葱茏，有盘山小路蜿蜒至山头，冬季，则有浅山寒雪未消时的一点意境。窗户占据半面墙壁，无论坐卧，南山都在眼前，四季看得分明。也有鸟影飞过，多是喜鹊，银光闪烁的鸽群，乌鸦很少，去年冬季还飞过两只大家伙，未看清，大约是游隼之类。

时常翻看鸟的图谱，阳光好时外出找鸟，连走在街头，耳朵都在捕捉鸟语。如此过得一年半载，对鸟影异常敏感。九月末的一天，吃过午饭，照例锅碗不刷，倒头便要去睡，伸手拉纱帘时，见窗外急速飞过两只褐色鸟影，身姿灵敏，大于麻雀。想要细看，早不见踪影。或许是某个迁徙的鸟，过路而已，终究无缘，不管也罢。之后国庆节放假，临时买票，匆匆前往西藏，六天之后，因为身体不适，逃也似的回来。

十月，涌进屋子的阳光愈来愈多，它们的触角甚至能探到客厅最里边的君子兰花盆。某个午后，坐在靠近窗户的软椅上，温暖仿佛一款棉被，连人带椅团团包裹。阳光下，时间慢悠悠地，蹭得眉眼发痒，陶盆里大花马齿苋和蓝雪花无声绽放。透过玻璃往外看，许久，节日前见过的那种小鸟居然又一次飞过。

它们在二十六层楼高的空中穿行翻飞，速度之快，根本看不清它们是否在捕捉昆虫。如果不找虫子，那么它们纯粹在进行一次飞行演习，前进、转弯、上翻、下落，从不迟疑，也不迁延。我用目光追随，片刻之后，便觉眩晕。然而我是不肯放过一次看鸟的机会。找出望远镜，贴近玻璃。原来窗外翻飞的，不是两三只，而是一群，是楼燕。

小时候见过崖沙燕，它们住在村子后面一道不太陡峭的断崖上。那断崖上还居住过雕鸮，盘旋过红嘴山鸦，飞过岩鸽。红嘴山鸦是否吃岩鸽呢，不曾见到，但岩鸽是个暴脾气，稍不如意，便要啄麻雀的脑袋，直到啄出一两撮毛。那断崖上更多的小穴中，爬进爬出不知名的小飞虫，以及蜜蜂。我偶尔用土粒塞住洞穴，不让它们回家。那时我对“流浪”之类词语毫无感触，我只生活在生活本身之中，没有希冀，不懂向往。几十年后看楼燕，感觉已经熟悉，仿佛它们也曾在那断崖上生活过。

在窗户外面，它们是一个数目较大的群体。滤去其他，用目光锁定一只将其追逐，它在楼宇间穿梭几圈，而后落在远处另一幢楼朝东的窗台上。那些高高低低的窗台上，原来早停驻了好多只。仿佛幼儿园的孩子，它们挤在一起，排排坐，有几只不肯安静，起起落落地打闹。

捏了望远镜下楼，走几步，拐进隔壁小区。小区人少，显得寥落，夏季开过花的忍冬，此时竟都结出小红果，几株火炬树，火焰刚刚燃起。一直走到楼燕聚集的高楼下，见几位老太太在那里晒太阳。拿望远镜朝楼上张望，多么不好意思，我便使劲往高处瞧——唯有如此专注，才显得我磊落。此举果然奏效，老太太们便也仰头。

围绕那几层窗台，它们结伴飞回，又飞出去，但飞出去的距离最远只到达我住的那幢楼，几百米远，仿佛它们出门，走几步，忘记拿东西，于是返身，再出门，如此反复。日光在它们高处，这使它们的影子似乎就粘贴在它们自己身上，从地面望去，那是依稀能分辨出翅膀和尾羽的一团褐色身影。它们似乎根本不着急捕食，而只是贪图享乐——来呀，时光这般好，勿负年华。但是，但是我已老去，我的皱纹每天都在加深，仿佛海沟不断形成。我于时光的逝去，束手无策，而且我也已学会放手，仿佛站在高冈上，松开手中缰绳，一匹马就那样在风中狂奔，烟尘绕蹄。这样想着，继续望它们，仿佛看走过街头的一群青春年少。

它们此时出现，也许要在此地过冬。但是以何果腹？我都不清楚冬天的虫子去了哪里，它们又没有超市可逛。不过总有办法，天破了都能用五色石补好，何况小小虫子。于是觉得它们就是邻居，午睡前站在窗前看看那些身影，觉得欣慰：它们还是那个样子，不曾老去。然而，某一天，那是十几天之后的某一天，我习惯性站在窗前，它们却杳无踪迹。

仿佛一个梦，它闯进来，却又抽身离去。

秃鹫

2019年10月15日

秃鹫在荒山野岭上空盘旋，极有耐心，有时会长达三四个钟头。有一年我跟同伴去山中采野黄韭，时令不对，野黄韭尚未开花。不忍心采幼小花苞，我俩便在山中游逛。看青山横亘，白云出岫，看毛虫蜷伏，指甲大的蟾蜍在草丛中蹦跳，走走停停，有时倚着大石休息。路不好走，需要翻过整座山才能看见村庄，山谷没有帐篷，也不见牧人，谷水潺潺，风声寂寂，羊牛倒四处可见。如此行走，偶尔注意到高空有两三只秃鹫时，虽然害怕，因为无处可藏，只得大着胆子继续前行。秃鹫是那种一声不出的大鸟，仿佛黑色的剪影和梦，只展开翅膀，在头顶不远不近地跟随。天空飘浮的东西，除了日月星辰，飞天和曼陀罗花，其他都带些凉气，风筝也是。如果仔细看风筝，凉气之外，还有一股幽怨气。秃鹫更像贴在天空的一道黑色符咒，始终不被揭去。在如此符咒下行走，原本漫长的路更显得漫长，回到家时，暮色已经深浓。

秃鹫颜值一点都不高，尤其不好看的是那无毛的脖颈。安宁无事时，那裸露的脖颈稍显蓝色，让人联想到电影《阿凡达》中那个潘多拉星球上的土著。蓝色终归好看，悠然淡远，然而当它们啄食时，那蓝色的脖颈和黑褐的面孔便会成为鲜艳的红，所谓面红耳赤。脖颈变红，是在警告其他秃鹫不要靠近，如若其他秃鹫后知后觉，继续飞来抢夺，争执之后，败下阵来的秃鹫肤色又会变成白色。所以，在秃鹫的世界里，蓝色仍旧代表平静，红色神圣不可侵犯，白色则是衰弱和失败的象征。

秃鹫裸露半截脖颈，脖子基部却有一圈长的白色皱翎，仿佛裹了一个豪华的围脖。鸟类学家说，秃鹫的这圈长羽毛起着餐巾的作用，防止就餐时弄脏身上其他羽毛。想想也明白，秃鹫喜欢啄食死尸，当它探头死尸胸腹腔，那圈长羽便可保护性地覆盖其他羽毛。其实秃鹫的羽毛并不怎样华丽，暗褐中带点金属光泽，外加一些古铜色，但秃鹫的翅膀极大，飞羽粗壮，当它敛翅站立，像披着一件深色的羽绒大氅，威严十足，似乎麾下有万马千军供其驱遣。

在高原，秃鹫并不叫秃鹫，人们习惯将鹰科里的许多鸟都叫鹰，有时分得稍微详细点，形体更加威猛的，称之为雕，纤小一些的，称之为鹞子。读一本关于青藏高原古风世界的书，谈到天葬和水葬时说，在江河源头，佛家为亡魂预定了各式各样的“渡船”：天上的渡船是鹰鹫，火中的渡船是木架，水中的渡船是河鱼。其中还提到一部苯教经典《黑头凡人的起源》，谈论宇宙的形成：宇宙最初的状态是虚空，之后有一道光射出，于是有了光明、黑暗、冷暖及阴阳的分别，这种状态交替作用又产生空气流动，于是有了风，风推动看不见的雾气流动，在冷暖温度和风的作用下，雾气变成露珠，露珠凝聚成大水塘，以上所产生的几种因素继续交替作用，使水塘表面形成一枚由泡沫聚成的卵，这枚卵经自然孵化而形成两个宇宙之鹰，一黑一白。

这里所说的鹰，我相信就是秃鹫。

秃鹫体形庞大，起飞需要助跑，然后借助空气做一段距离的滑翔。山中牧人说，秃鹫从不把两样东西留给世人看：粪便和尸体。这使秃鹫成为一种神秘的鸟。有些人做解释，说秃鹫的粪便经常在高空风化，因而看不见。也有人说，不见秃鹫尸体，是因为鹰鹫类察觉到自己老了，爪子抓不住猎物，喙变得又长又弯，身体逐渐沉重，无法快速飞翔时，会独自去往高山，在悬崖筑巢，用喙击打岩石，直到完全脱落，并逐一拔掉指甲和羽毛，等待新羽长出，指甲重新锋利，试图重回蓝天，然而事实上，它的喙再也没有长出，于是在深山饥饿而死。还有一种说法，它们的尸体，被同类吃掉。

2018 年 10 月，在从拉萨去林芝的路上，一位来自那曲的藏族朋友说，秃鹫在天葬台啄食尸体前，先由一只头部白色的秃鹫去吃，等它吃完，其余秃鹫才蜂拥而上。我猜测那头部白色的秃鹫，其实是胡兀鹫。胡兀鹫独来独往，如果饿到一定程度，不仅吃活羊，还会啄食婴儿。胡兀鹫组建家庭，喜欢两雄一雌，通常产两枚卵。第一只雏鸟出壳一周后，第二只雏鸟才出壳，小雏鸟比大雏鸟小许多，如果遇到食物紧缺，小雏鸟往往成为大雏鸟的点心。

我近距离见到秃鹫，是在贵德国家地质公园阿什贡园区的一座峰顶。一只秃鹫被铁链拴在木桩上，它的脖颈裸露，仿佛那里原本长满绒毛，刚刚被一双粗野的大手拔光。它翅膀上的飞羽，早没有了金属光泽，眼神看不出多少凌厉，带钩的喙倒存几分强硬，也许是个雏儿，腿不怎样健壮，铁链套在上面，它已经习惯。它被拴在山上，供路人拍照，它的身边立一块木牌，上面用简短文字做介绍。

人们走近，看看，又离去，没人拍照。我自然不会去拍照，只站在它旁边，顺着它的目光去看远处。

远处是丹霞地貌的山峰，色彩绚丽，鬼斧神工，山下黄河碧绿如带，静无声息。如果稍稍仰望，会看见峰顶盘旋的几只秃鹫。来时的路上，我便注意到它们一直在山巅盘旋。现在，当我们驱车走过一段山路，来到峰顶，它们还在那里，不远不近，仿佛某种预示。

暗绿柳莺

2018 年 10 月 17 日

重阳节这天的山林，落叶已将大地覆盖。夜来降下的薄霜，此时被阳光晒热蒸发，微微散出雾气。落叶早被浸湿，脚踩在上面，没有声息。那些密集的云杉枝下，霜无法到达，几只灰喜鹊来去觅食，干燥叶子发出簌簌声响。灰喜鹊喜欢扎堆，又是话唠，所到之处总有烟火气。山林中更多的地方依旧是落叶，枯萎而卷曲的，半是暗绿半是明黄的，被风举着小跑的，仿佛世间所有叶子都已赶来，丐帮一般，举行大会。叶子就是这样一种存在，喜欢聚众闹事，要么天上，要么地面，忽而来，忽而去，你追我赶，不肯落单。当然，树梢上也有一些尚未落下的叶子，正焦急地在风中发出啪嗒啪嗒声响。

许多鸟已经不知去向。也许南归了吧，如果南归，倒也不必牵挂，在南方它们肯定衣食无忧，如果是其他原因，终究让人无法安心。这个尚未走远的秋天，我已经两次见到鸟的尸体，这在以前从未有过。一次是在这片山林，一只死去的灰喜鹊躺在杂草丛中，它的眼珠已被什么动物剜去，留下一片空洞，即使它已死去，灰蓝色的羽毛依旧优雅。我想知道它为何死去，用枯枝轻轻将其翻动，它身体一侧有一凹坑，明显是被石子或其他什么硬物击中。它肯定死于人类之手。此事之后不久，在一个小区楼下，见到一只死去的山噪鹛。我同样将其检查，但无任何伤口。想起之前在此楼平台上闲坐，那里曾悬挂三只鸟笼，其中两只鸟笼中是烦躁不安的山噪鹛，另一鸟笼空着。不难解释的是，那只空鸟笼中原来也有一只山噪鹛，不知何故，突然死去，被主人抛到楼下，暴尸街头。我猜测它是抑郁而死，或者因为刚烈。

不曾离去的，是灰喜鹊、大山雀、山噪鹛、金翅雀、大斑啄木鸟和白眉长尾山雀，当然还有常住居民喜鹊和树麻雀。我想知道还有什么鸟留在这日渐萧条的山林，于是继续朝密林深处走。所谓密林，现在只是以铜版画一般的树干为主，林下灌丛几片红叶，依稀几枚红果，无非是野茄子和野蔷薇。鸟突然离去，林子安静下来，有些萧瑟，“衰草枯杨，曾为歌舞场”，果有此意。走几步，倚着毛白杨的树干休息，眼睛仍旧望向林子深处。这样，我便看见一只暗绿柳莺在树梢残存的叶子间蜜蜂一样飞旋。

真是得来全不费工夫。盛夏时节，我曾在这片林子中见过几次暗绿柳莺，都是快速飞过的一个剪影，因为小，因为圆滚滚，因为一身绿，因为修长的眉纹和一道白色翼斑，能断定那就是暗绿柳莺而非其他。它飞过时，翅膀快速扇动，那样做的目的无非是惊动小昆虫，让它们飞蹿，自己好捕食。之后再没见过它们，有时在林中走过，明明听见那大山雀似的叫声就在树冠的浓密叶子间，明明知道那就是它们，但就是看不见。它们歌唱起来，确实有点像大山雀，但比大山雀婉转，它们是演技派，大山雀在更多时候不过是自娱自乐地唱山歌。

仿佛患着多动症，它一刻不停地在树枝间忙碌，显然夏天的离去并没对它产生什么影响。如此甚好，唯愿即将到来的冬季里，它依旧能如此忙碌。

很奇怪，第一次读“打起黄莺儿，莫教枝上啼；啼时惊妾梦，不得到辽西”时，便把黄莺儿和柳莺混淆了，以为黄莺儿就是柳莺。后来突然起心动念，去查黄莺儿，原来是黄鹂，《诗经》“黄鸟于飞，集于灌木”中的黄鸟。黄鸟这个名字也容易引起误解，因为黄雀的别名也叫黄鸟。黄鹂和黄雀我都没见过。有一次在常去的山林散步，见到杨树高枝上蹲一只黄色鸟，伯劳大小，黄色主要分布在胸腹。没拿望远镜，看不清楚，唯有后悔。知道黄莺儿不是柳莺，莫名地有些失落。黄鹂一直生活在诗词歌赋中，连曹丕和王璨都愿意为其写赋，柳莺却寂寂无名。

柳莺最常见的，是黄腰柳莺、黄眉柳莺和极北柳莺，各种柳莺长得差不多。但我现在能肯定的是，这片林子中最忙碌最活泼伶俐的鸟，是暗绿柳莺而不是黄眉柳莺，也不是极北柳莺或者叽咋柳莺。它是能够对着花蕊拍翅膀的鸟，是体形小巧一阵大风就能卷飞的鸟，是属于夏天，却能在隆冬依然兴高采烈的鸟。当然，林子里的银喉长尾山雀也小，不过它长着一条长尾巴，长尾巴总给人以大个子的假象。

赤颈鸫

2018 年 10 月 22 日

霜降前一天，我看见广场上的锦带开出花来。这是一种粉红色锦带花，花初开是在六月。2014 年，我曾在鲁迅文学院见过锦带开花，那应该是更早的五月，一树深红浓密，将不太健壮的树枝裹得喘不过气来。眼前的这几株，应该是锦带的另一亚种，六月开花时，花朵并不繁密，被园艺工剪成球形的枝条上，蝴蝶似的翘立几朵。锦带旁还有几株山梅花，树同样被剪成球形，傅粉一样的白色花朵，纯净得没有丝毫杂质，锦带花在旁边，相形见绌。此刻，这深秋开出的花，尽管稀疏，零散得似有似无，还是给广场上树树黄叶的萧瑟带来一点生机，耳畔仿佛果真有维瓦尔第的《春》再次响起，忍不住要悄悄旋转一下，提着想象中的裙裾。

两只大斑啄木鸟飞来，在沙枣树上寻找虫子。应该不是饥肠辘辘，忙于寻找点心，因为首先是它俩的歌声让我知道它们存在。沙枣树近在眼前，又不是过于高大，啄木鸟尾部的红便格外鲜艳，它翅膀上的黑白斑纹也醒目，至于那铁钻似的嘴巴怎样凿树皮，可以看得更加清晰。它们有一双时刻都严厉的眼睛，警察或者教官那样盯着树木，犀利，不徇私情。当它俩紧抓树皮，一圈圈旋转着向上扫荡时，虫子们肯定无处可逃。沙枣树旁边的旱柳树枝上，大山雀正在鸣叫。

从山上下来，进入广场的鸟们，肯定是那胆大心细的弄潮者。“欲与天公试比高”，人若如此，我不抚掌，鸟若如此，我必击节。

沿广场一侧慢慢走，地锦已爬满黑铁围栏，并不断攀附到旁边的槐树上去。槐树的碎叶子早已黄得明艳，地锦绕着槐树往上爬，爬到枝头，又从空中垂下，仿佛是槐树的另一些柔韧枝条。不过，现在地锦已红得发紫，阳光下，是一种夺目的绚烂：红黄交织，热烈奔放，仿佛世界上再不存有任何阴影。边走边看，拿出手机拍几张照片，在照片中看见一只红棕色眉纹的鸟正在享受大餐。

观鸟观到现在，迷你望远镜时常背在包里，哪怕去超市买些零碎。屏息摸出望远镜，鸟还在原来的枝头，正忘乎所以地一颗一颗啄食果子。

一只赤颈鸫。顾名思义，它的喉咙及前胸棕红色，它的飞入脑际的修长眉纹同样棕红，它的尾羽也沾点棕，这些羽毛似乎因为秋天而变红了，至于它的背部，则是稍稍枯萎的褐色，它的腹部泛出点污白。一只雄鸟。有着修长眉纹的鸟，总带些仙气，并且显得长寿。鸟儿长寿应该跟人长寿一样值得祝贺，只可惜时间给了它们不公平。一只麻雀只能活两年，两年，也就是说，前天你遇见的那只叽叽喳喳的小麻雀，它要么在今年死去，要么明年，它绝不会年复一年落叶一般蹦跳在你面前。

巡视周围，不见雌鸟身影，想必也是一只独行侠。

我不确定那些蒙白霜的深蓝色小果子是不是来自地锦，用形色软件一试，说是葡萄，简直胡言。顺着果子找枝条，原来地锦已经长得足够粗壮，小指一般，几乎不像藤类。赤颈鸫站在高处，仿佛坐在风景绝佳的露台上，沐浴着秋天慵懒的阳光，餐桌上，是刚刚采摘的新鲜水果。果子是大家的，我想，于是我摘一枚地锦果子来吃。我当然不能大嚼，赤颈鸫吃它们仿佛在咽下一颗露珠，我怎能粗鲁。用牙尖咬破果皮，浆果的汁液流到舌尖上，一点点甜，绝对不酸，之后是植物特有的清芬。

不想打搅赤颈鸫用餐，转身往回走。秋天真好，一切都暖熏熏的，喝了酒一般，有些微的恍惚存在。其间连时间都是恍惚的，然而这恍惚又分外透明，仿佛摇动的水晶球。想不起谁曾经说过，人们应当感谢万物的成人之美，它们允许你主宰，允许你为王，允许你胡作非为，如果你无视这包容，试图将这星球独占，最终的你势必悲惨。道理谁都明白，但难以做到。

想起一张照片，草地上，一只树麻雀和几只白头鹎围着一只赤颈鸫，它们其乐融融，不分种族和地域。照片上的远处，应该有什么事引起它们的注意，它们正抬起头来，一起望向前方，那神情，仿佛望着它们共同的未来。

苍鹰

2018年10月23日

暮春，山荆子开出一树白花，甚是秀雅。西府海棠此时也会开花，海棠虽无俗姿，花却明艳，山荆子花在一旁，多少显得清瘦。其实山荆子树比海棠树要苍老遒劲，白花黄蕊自长柄垂下，微风过时，楚楚动人。深秋，山荆子树结出小如珍珠的红色果子，果实一簇簇堆积繁密，树枝高处的，需极力仰头才能看清。忍冬也结出果实。忍冬是这样一种树木，它开出黄白两色的花时，清纯得不谙人事，小果子却入世极深，艳如玛瑙。当然，蛇莓也已结出浆果。蛇莓的叶子和草莓叶子没有多少差别，果实却比草莓小。草莓将果子挑在长柄上，显得窈窕，蛇莓果子从叶间钻出，几乎没有脖颈。这样的时节，鸟们聚集起来，享受盛宴自然不是什么稀奇事。

一棵姿态异常苍老的山荆子树上，七八只鸫鸟正在大餐。我在树下，仰头将其一一分辨。灰头鸫身体上的栗棕自然醒目，它的黄色眼圈仿佛用赤金描出。前日我刚刚见过赤颈鸫，它的羽色虽然素朴，但黄眉纹多少有些妖冶。斑鸫腹部的花纹被放大以后，仿佛金钱豹蹲踞枝头，有些唬人。这几只鸫鸟，此刻正如败家的阔少，一边啄食，一边将山荆子果踢腾到地面。树上枝叶茂密处，隐隐传出柳莺的叽喳，却怎么都找寻不见。树下漫开的草坪上，树麻雀们如一个团的士兵，分散开来，排查式觅食。它们的奇特功能是一边吃一边叽叽喳喳吵闹，也不怕消化不良。麻雀群中，混居一只赤颈鸫，王一般淡定。

看鸟还是应该到有果实的林子中来，鸟毕竟是现实主义者，才不会为缥缈虚无的精神问题远离食物。前几天我在叶子落尽的青杨林中蹀躞，试图邂逅一两只鸟，想来多么愚钝。

正是霜降，气温已经很低。我早穿了羽绒服，来去在树丛中，还是觉得后背冰冷。咽炎一直反复，前天去山上，遭遇大风，此刻咽喉稍一牵扯，撕裂一般疼。不过咽喉疼又不是大事，我便不在乎，继续跑到山上来。山荆子果太多，捡起一枚来尝，奇酸，涩，并且硬邦邦的，长柄连着果子。不知那些鸫鸟们怎样解决这个长柄问题，是长柄果子一起吞呢，还是想法将其分离？这样操心担忧，便想再次细看，然而林中突然一阵骚乱。如疾风刮过，啄食的鸟，酣睡的鸟，呼啦啦一声，羽箭般纷纷投进墨色的云杉林中去。

之后一切归于寂静，想着应该有鹰飞来，走到空旷一点的地方，果然见到一只苍鹰低低盘旋。至于“草间妖鸟尽击杀，万里晴空洒毛血”的情景，并没出现。

在秋天深蓝的背景中，白杨树梢正散发出金黄，灰白色的苍鹰在树梢之上，在秋日的寥廓里，不被牵引，不出一声，然而又有些不怒而威。它此刻宛如驾辇车巡天地的君主，“君子至德，默默而喻”，虽不如此，它的威慑，还是如束束箭雨将山林穿透。

看过一段关于苍鹰的纪录片，密林中一对苍鹰夫妇正在筑巢，后来丈夫偷懒，躲在一侧树枝上休憩，妻子独自劳作，终于忍无可忍，飞过去劈头盖脸将丈夫一顿痛打，丈夫脾气极好，挨了打，认识到错误，不出一声，又飞回去劳动。反复看，都是普通人的居家生活，妻子河东狮吼，丈夫装傻充愣，表面的波动之下，其实都是为了家的安宁。但捕猎时的苍鹰，无比威猛，它的体重虽轻，速度却比其他猛禽要快出几倍，说它伸出爪子打击猎物时的速度为每秒 22.5 米。猛、准、狠、快，具有杀伤力，它只要遇见认为能驯服的猎物，都会扑上去，用一利爪将其胸膛刺穿，再用另一利爪开膛剖腹，先吃鲜嫩的心、肝、肺，再将血肉模糊的尸体带回树上撕裂啄食。

天敌的威胁下，每一只鸟都过得胆战心惊。世上不存在绝对安全，也没有极致逍遥，如果有，那必是事物消亡后的死寂。

长时间地，林子里一直保持寂静，我知道那些鸟们在繁枝中一动不动。返身经过一株青海云杉时，遇见一只惊魂未定的灰头鸫。它紧抓树枝，身体蜷缩，两只眼睛在幽暗中圆睁，它的金黄色眼圈依旧如雨后光环。它似乎明白我并非心怀歹意，没有表现出慌张，于是我摆摆手，对它说声你好，撤身离去。

鸿雁

2018 年 10 月 29 日

我曾如此回忆大雁：

“十月，这个风声渐起的时节，如此快捷地到来。先前棉絮似的云，尽管还在天空蹀躞，却已苍老，它的衣衫破旧，丝丝缕缕。河谷青杨，坡上白桦，还有红桦和黑桦，它们摇身一变，树冠拥上金黄。落叶松刷刷丢下松针。风从高处大步跨下，使得山脊上的草棵，向着地面贴近。河谷的水，开始追着秋风奔跑。风是另一种流动的水。风不仅在水的脊背上，也在其他一切物体的背上。

“人们正在山下收割青稞。未割的青稞穗子垂下，同时垂下匝地的金黄。它们身后，成排的青稞捆子站在地里，茬地上是香薷，也有棘豆，棘豆淡紫的花朵已经萎败，成串的黑色豆荚开始饱满。偶尔有田鼠新筑的巢，它们如此愚笨，将松软的黑土堆积到地面作为标志。香薷有着辛辣芳香，我弯腰采摘它们，并在抬头的瞬间，看见大雁南飞。

“天空似乎是一面流淌的河水，水光闪烁清冷，大雁便是那淡荡波光下的一缕水草，顺着波纹起伏。我这样想，又觉得不像。如果天空是未来，大雁是否可以载起我飞向那里。这样，我握着一束香薷，站在田地中央，歪着头，听大雁鸣叫。它们只是天空里的一点淡漠写意，一阵雨，一缕风，它们便会消去痕迹。后来，我觉察到大雁无法比拟，因为我觉得我就是它们。

“大雁停驻的地方，会有怎样的屋顶，阳光怎样照耀。那里的树木，枝叶怎样朝天空伸出，那里的虫豸，怎样在夜晚躲进睡眠。那里有怎样的时光浮现，又有怎样的记忆沉淀。大雁或许正在回复，然而我不懂它的意思，我只见得秋光散漫，却又无际。如此，我不得不将关于远方的想象寄在大雁身上，在一个，又一个深秋，目送它们南去。

“只是远方始终模糊，因为大雁从不曾在高原停留。我因此怅惘，大雁并不是这人间的鸟。”

多年后，我第一次见到人间的大雁，是在餐桌上。那是九月的一座山村，山山黄叶飞的景象还没出现，黑心菊正在绽放。人们并不忙碌，因为许多田地已被他人租去，栽植用来出售的苗木，留下的，也大都种了党参、黄芪。据说离村庄不远的水库边，外来人租了岸边草地饲养大雁。说，那些放牧的大雁，早晨被赶出围栏，晚间又被赶回围栏，数量之多，颇为壮观。有些雁雏，会趁机逃窜，躲在草丛中不肯回围栏，周边居民便去找寻，将它们带回家养大卖掉。说一只育肥出栏的大雁，可以卖四百多块钱。我问：大雁难道没有飞掉？回答说：那些饲养的大雁，只会从水库这头飞到那头。

我原想去水库边看看大雁，但一想到它们在围栏内如同牛羊那般生活，再也不会衔芦，不会有彻夜不眠的雁奴出现，便觉得还是不见为好。想象不出大雁在水库上面低翔的情形，除去笨拙，应该不会再有其他什么。

这里的大雁，确切说是鸿雁。

第二次看见人间的大雁，是在 2018 年的深秋，那是霜降与立冬之间，短暂的寒冷之后，气温又回暖。

沿水流向下走，两岸芦苇已经黄去，荻花瑟瑟，千屈菜也已枯萎。白杨叶子自然已经落尽，在地面，层层银色的叶子之间，石竹依旧挣扎着开出粉色小花。人工的河流，依势而建，在一个拐弯处，河道拓展，成为一面小湖。还算清冽，水面平静，偶尔几圈涟漪。水中两三处沙渚，秋草纷乱，几株黄金柳枝条披离。水面突然多了白骨顶鸡，十几只，黑色的符号一般，当它们扭头，那白色额甲依然醒目。我原以为白骨顶鸡在立冬之前要飞回南方，现在看来，它们并无离去之意，反而愈聚愈多，大约要在此处过冬。除去蓝，天空空无一物。没听见任何鸣叫，无意间仰头，见天空排成“人”字的大鸟正在飞过。因为低，用望远镜可以看清前颈和腹部的白，橙色的爪子以及灰褐色尾羽。它们一边飞一边变化队形，但多数时候依旧是“人”字。自然是鸿雁无疑。书上说全世界共有九种大雁，中国有七种，它们的图片，我已一遍遍翻看，大致还能判断。

它们始终在水面上空徘徊，忽高忽低，不明其意。后来，它们一直朝下游飞，直到树梢遮住天空，再不见踪迹。它们是过路的旅客，我想，我也不过是旅人一个，我们终究只有一面之缘，缘深缘浅早已注定。这样瞎想，走几步，穿过水畔低矮的灌木丛林，再扭头，却一眼望见水面上数十只鸿雁正在栖息，原来它们早已悄悄降落。欣喜中，连蹦带蹿，往水边靠，实在想近距离看看它们。然而我一动身，它们扑啦啦全部飞起，又如刚才那般，在天空徘徊。我于是明白。退几步，找到一排木头椅子，坐下来。风清冷，不过阳光温煦，我保持不动，将自己静止成身边风景。这样，我再次见到它们从天空落下，整整十只，在水面，它们梳理羽毛，拍翅驱赶疲乏，并且优哉游哉，享受秋日阳光。

然而片刻之后，它们再次飞起，依旧在天空徘徊。我便知远处有人走来，引颈一望，果真见戴头盔的骑行者自绿道驶过。如此几番，水畔始终有人陆续走过，那十只过于警惕的鸿雁，落下又飞起，不得安宁。这些人中，只有我是知情者，一想到这个问题，我便起身离开。

之四

雄雉于飞，泄泄其羽。

—山鸟暮过庭—

水鹨

2018 年 11 月 2 日

生物圈里，据说人跟鸟类走得最近，证据是视力同样发达，听觉也发达。当然差异还是存在，鸟类视力远远高过人类，而且据说鸟类没有味觉。没有味觉是多么悲惨的事情，一条新鲜肥美的鱼自水中捞出，却只能囫囵吞下，即便梦境中长出牙齿，嚼一嚼，也不过一嘴无味的碎渣。当然人也有无法与鸟类媲美的事情：羽毛。鸟类终年盛装，大都还有两三套时装换着穿，人为了保暖和颜面，不得不将各种材料穿在身上，但这些材料始终比不上鸟类羽毛。有一次，我在大雪之后的山上散步，穿着厚厚的羽绒服，戴着手套和羊毛帽，还是觉得冷气袭人，树上的鸟却蹦来跳去，一种世界刚刚诞生的兴奋与好奇，没有丝毫受冻挨饿的凄惨。与朋友聊天，我说我穿着鸟的羽毛还是冷，鸟儿为何不冷，朋友说，这不是冷不冷的问题，而是怕不怕冷的问题。

纬度愈高，鸟类的羽毛愈素朴，这和人类愈接近赤道，肤色愈深相似。人类在低纬度加深肤色是为了减少紫外线辐射的伤害，高纬度地区肤色白皙是为了在弱阳光下人体能产生较多的维生素 D。

鸟儿在低纬度羽色艳丽是因为这些地区植物繁茂，一年四季鲜花常在，高纬度地区大地不小心就要沙石裸露，寒荒一片，所以高纬度鸟的羽色素朴，这不是因为无能为力，而是一种聪明的保护色。

晚秋，草木一一枯去，便是连常绿的云杉也不好意思再绿，而裹上一层墨色时，湟水河却迎来许多绿头鸭，渔鸥也纷至沓来。绿头鸭们更愿意在水中游动，成双成对，形影不离。我沿护栏走，几对绿头鸭始终在水中顺着我的方向游，卿卿我我。我斜几眼，心想，干吗秀恩爱呀，我精神早已强大到独自满山林跑。水中沙地，自然没有一株植物，淤泥将原本灰白的沙石变成褐色，渔鸥蹲在上面，分外醒目。两只水鹨在另一块更小的沙洲上，如果不仔细看，根本发现不了，它们深灰色具褐色纵纹的背部羽毛，皮黄色肚腹，跟沙洲的色泽毫无异处。

发现了它们，盯着细瞧，会看到它们的尾巴一直上下晃动，这是鹡鸰科鸟儿的共同之处。鸟类学家解释说，这可能与鸟类的血液及神经刺激有关。也就是说，晃尾巴的鸟儿，并非因为喜欢那样晃而晃——既然没有意义，晃与不晃，都没关系。两只水鹨因此并不将注意力集中在对方的尾巴上，而是此刻这片沙洲的归属权。窄小的一片沙洲，如果我在上面，不能跑步，不能铺开足够大的桌子摆酒席，也不能种几畦蔬菜，但在它俩眼中，弥足珍贵。或许其中一只是闯入者，另一只水鹨便不耐烦它的出现，尽一切办法驱逐它。很明显，这种驱逐不像风吹草动那样简单，因为两者都有想法，赖着不走的，便跟那驱逐者兜圈子。

兜圈子需要勇气，需要厚脸皮，像我这样的人，根本兜不了圈子。坚持如果不建立在自尊的基础上，不如放弃，而那放弃，如果哭哭啼啼，不如自绝，可是鸟不懂这个道理。如果一只鸟明白人类的条条框框，不知会怎样。

那只被驱逐的，最终还是离去——它飞向岸边丛林，隐入其中，它或许将卷土重来，但那将是以后的事情。那个沙洲上的胜利者，它来去在它辽阔的土地上，器宇轩昂，它偶尔低头，啄食属于它的食物。风自然从沙洲上吹过，水流在它身边不慌不忙，绿头鸭游过，它们并没打算踏上这沙洲半步。它的头顶，渔鸥衔一条还在挣扎的鱼，有气势地飞过。离它不远的水畔榆树上，一只斑纹像极了榆树皮的蝴蝶停驻在树干上，一些细如麦芒的蜻蜓，还在轻轻起落。红蜻蜓到底不如蓝蜻蜓好看。落光了叶子的树，除了树叶，似乎再长不出什么。南方的白鹭前几天飞来，到底是前天，还是前前天，无法确定。此刻，这个拥有大片土地的王，这个衣着素朴的王，对这些琐碎事情并不在意。它心怀天下，需要以步度量。

以前读欧仁·朗贝尔《飞鸟记》中关于水鹨的一段文字，曾觉得满篇凄冷：“它终于又出现了，像离乡背井之人，孤僻、缄默。捕猎者有时会看见它静静呆立在已经冰封的深沟岸边，一动不动。我们不知道它以何为生。它无心生活，它在沉思、在计算放逐的日子。”但是现在，我再也不会这样认为。

赤麻鸭

2018年11月4日

看野鸭在河流上空飞，便觉得吃力，很想自己也使出一份力来，帮帮它们。显然它们自己也觉费劲儿，翅膀啪啪啪发出些声响，为了飞得快一些，头使劲往前面伸，双脚向后蹬。所以野鸭如果在飞，往往是未见其鸟，先闻其声。不过野鸭在开满荻花的秋水上面咋咋呼呼地飞，倒也有一份诗意，“落霞与孤鹜齐飞，秋水共长天一色”，不仅仅如此，还有万古江河鸟飞回的萧然与旷远。

2018年11月初，在一座高山水库，我见到飞来越冬的赤麻鸭群，数量庞大，从远处看，如大片枯叶将近岸水面遮蔽。赤麻鸭有个更好听的名字——黄鸭。从名字判断，它既不像绿头鸭那样有绿色的大脑袋，也不像绿翅鸭那样有金属绿的翼镜，更不像针尾鸭那样拖着标杆似的长尾巴，它就是它，一身橙栗色羽毛的大型野鸭，夏季，雄鸟们还要在脖颈戴个黑色羽毛的领环，以示与众不同。说它是野鸭，还不如说它更像大雁，它像大雁那样嘎嘎鸣叫，像大雁那般迁徙，也如大雁那般，飞行时将队伍排成某种形状。

一则早先的消息，2007—2008年，青海湖保护区管理局联合中科院动物研究所、计算机网络信息中心等科研单位对 25 只赤麻鸭进行 GPS 定位跟踪，结果发现这些开春后来到青海湖水域的赤麻鸭，冬季，要回到孟加拉湾越冬。它们的迁徙路线是：自青海湖向南进入四川境内，再进入横断山脉三江并流区域，这时有些赤麻鸭会选择在此越冬，而继续向南的就会进入孟加拉和缅甸境内，在那里，有些赤麻鸭会沿着伊洛瓦底江、布拉马普特拉河流继续进入孟加拉湾。这是一些夏候鸟，春天来到，冬季离去。

我所见的这些赤麻鸭，却是冬候鸟。一位在水库附近长期生活的男子说，这些黄鸭每年五月离去，十月底回来，整个冬季，即便水库被冰雪覆盖，它们也一直在冰面上生活。冬季的高原，即使没有雪，草木也已枯去，山寒水瘦，虫子遁形，数量如此庞大的赤麻鸭，不知以何果腹。

鸟类的迁徙，并不像人类那样，追逐舒服与新鲜，而是因为食物的变化。鸟类始终是现实主义者，这种现实，有时不近人情。看纪录片《鸟类的世界》，讲白骨顶鸡养育儿女：一对夫妇有时会一口气孵九只雏鸟，起先它们还有耐心，用食物诱导雏儿下水，捕食喂养它们。几天之后，耐心失去，它们便会啄嗷嗷待哺的雏儿脑袋，进行惩罚，这种惩罚始终围绕一只，直到那只雏鸟不敢讨食，以致饿死，以此类推，再惩罚另一只，最后，只剩下两三只雏鸟，然后将它们养大。在继承族群与基因面前，爱有时得退避三舍，食物始终重要。为了食物，关山飞越，不过寻常。

依照习惯，我眼前的这群赤麻鸭，它们会在傍晚和清晨出去捕食。水面被冰封，不过水库四周有片湿地，有自远处奔流而来的小河，有农田和茂密山林，更远的村庄，它们自然不会涉足。早晚觅食，白天的大部分时间，它们便在冰面上颐养天年。此时，它们再不需要养育儿女，不需筑巢，不需绞尽脑汁博取异性关注，不需决斗。它们已经远离了生活中那段乱纷纷的紧张阶段，尽管以后这样的日子会继续来到，但眼下的时间只属于自己，它们可以将这段时间揉搓成大雪球抛来掷去，尽情嬉戏。

五月四日

湖上还能再开两星期的车，之后，冰面会四处崩裂，每走一步都可能丢掉性命。鹅和鸭子会飞到这里，你会看到的，某个早晨，它们就那么出现了，从中国、泰国或者别的什么该死的天堂一样的地方突然降临。

五月二十一日

湖堤上，沙地里有斑斑点点的银莲花花簇。鸭子在开阔的地带里打闹，既渴望爱情，也渴求新鲜的流水。它们在南方度过了不少时日。当狗朝它们奔去时，便以哀婉的姿态纷纷起飞。人类最初模仿鸟类制造飞机，鸭子则模仿了早期的飞机。

这是来自西尔万·泰松《在西伯利亚森林中》中的两则记录。读这些记录，自然不能确定我所见到的这群赤麻鸭，它们的夏季就是在贝加尔湖上度过，但它们肯定来自北方，俄罗斯的原野，或者蒙古草原。在那里，清风长驱直入，泰加森林如同墨绿色绸布在起伏的大地上铺展，月熊从冬眠中醒来，摇摇晃晃，草地上野花芬芳，胡蜂陶醉其间，水面上，这些赤麻鸭成双成对，“盛装滑过，微微颔首向其他夫妇致意”。

如此周而复始。这应该就是赤麻鸭完整的一生，没有残缺，如果有，那也只是来自外界某种秩序的混乱，以及某种精神领域的坍塌。

白眉山雀

2018 年 11 月 6 日

立冬前连续几场雪铺天盖地，将人们一下从深秋的哀婉中惊醒。碎琼乱玉，原来世界也有好玩的，于是小雪人纷纷诞生，仿佛外星人入侵。气温自然随之一跌，直掉到 -10℃，感觉整个地球似乎都往冰下一沉，潜艇似的，凉森森被冷水浸泡。街头毛白杨的叶子尚未落尽，风一吹，手掌大的叶子哗哗往下跳，地面上，雪水和枯叶搅拌起来，脚不知该往何处安放。环卫工人开来鼓风机，呼呼呼地，大风往树上一吹，那些试图再逗留几日的叶子，便尽数落下。如此混乱几日，立冬日，天忽然放晴。

这一天，山林依旧在雪的包围中。雪覆盖在雪松和云杉伸开的枝条上，成为形态各异的雪爪子。纤细杂乱的灌木们，摇身一变，叶子都要开出白花。那些枝干高挺的白杨，它们所有的枝子都被白雪刻画出来，在天空，线条一一分明。地面荒草自然不再狼藉，它们早已被白雪抚平，白色波浪一般，偶尔挺立的茎秆，成为孤帆。想着此时的鸟们应该被冰雪封住了鸣管，沉默不语，并在寒冷中瑟缩，然而不是。

鸟们异乎寻常地兴奋。云杉树下，一群灰喜鹊和几只山噪鹛打成一片。灰喜鹊的叫声自然带些孩童的稚嫩，虽不明所以，嬉戏的意思还能听出一二。山噪鹛如果唱歌，刘三姐那样，很远我就知道，此时它们三言两语交谈些什么，感觉言简意赅。它们的注意力仍旧在跳来蹿去的嬉闹上，如同一群放学的男生，一边追逐，一边将身边的雪一次次踢起。树叶落了，大山雀藏不住影子，它背部的灰绿和脸颊上的白都显露出来，还有它的黑色背带裤。它们将自己吊在枝子上，大肚皮朝上，并将嘴巴探进积雪中去，不厌其烦。树麻雀自然在雪地上成群。一只小斑啄木鸟的雌鸟跟在大山雀身后，来到青杨树上。在这片山林，我是第一次见小斑啄木鸟，原来小斑啄木鸟胆子这样大，我在树下站定，仰头，拿望远镜，它都不理，只攀着树干一边向上一边敲树皮。资料说，小斑啄木鸟很少沿树干活动，瞎话，现在它就在我眼前以尾巴做支点，几个圈便攀到了树干的高处。在林中走两圈，一旁的杂木林中，铃声一般传出鸟鸣声，偷偷看去，却是白眉山雀。

自然不是第一次见它。此前在湿地公园的杂木丛中，就见它们和几只山噪鹛和平相处，在更早以前，旷野，曾见它们与一只树鹨分享灌丛。想来白眉山雀性格平和，气量宏大，不会因为一片林子的所有权而你争我夺，大打出手。这样平易近人，又不怕人的鸟我自然喜欢，在生活中，它们应该就是那些不拘小节，坦诚直言，却又细心体谅的人，跟这样的人在一起，如同跟春天和夏夜的风在一起，自在舒畅。

但是小小的白眉山雀乍看起来并不怎样温和，大概是因为那两道自前额延伸至后脑的白色长眉。鸟也同人一样，眉毛一旦竖直，便有一股威严露出，刚毅之类倒谈不上。但是如果细看，这份威严却又是装出来的，到底是一只小小鸟，扮酷的眉纹下，是万事好奇却又世事不知的眼睛，加上圆滚滚如皮球的肚子，长尾巴，怎么看，都是一只卖萌的鸟。以前我曾感叹，世界上没有比猫更好看的生物，现在想法发生变化，觉得某些鸟也可以跟猫媲美。善变的人。

与家麻雀相似，白眉山雀的喉部也有一块黑斑，仿佛一滴墨汁遇水洇开。据说在家麻雀的族群中，喉部黑斑的大小意味着等级的高低，黑斑愈小，等级愈低，反之亦然。若果真这样，那些喉部有大块黑斑的，便是族群中的至高无上者，它享用一顿美餐时，族员们只能列队伺候，或者暗自觊觎，揭竿而起的事情绝不敢做出。白眉山雀的族群中是否会有这样的等级制度，不得而知。我更愿意它们生活在这样的世界里："选贤与能，讲信修睦，故人不独亲其亲，不独子其子，使老有所终，壮有所用，幼有所长，矜、寡、孤、独、废疾者皆有所养，男有分，女有归。"

但是，它们有没有这样的理想呢？

雕鸮

2018 年 11 月 10

如果在漫长的冬夜听长耳鸮啼叫，会觉得其叫声比夏秋时节更阴森恐怖。朋友说长耳鸮是候鸟，青藏高原的冬天怎么可以听见它叫。然而确实会在冬天的夜晚听见长耳鸮叫，那是鼻音很重且带共鸣的"哼——哼——"声。向专业人士请教，说，有这种可能，因为青海西宁、新疆喀什和天山等少数地方的长耳鸮是留鸟，其他地方的长耳鸮才是候鸟。这便麻烦了，你说，长耳鸮到底是留鸟，还是候鸟？

雕鸮和长耳鸮的叫声颇为相似，但长耳鸮的面盘接近浑圆或方圆，而雕鸮的面庞更像一个有尖嘴的桃。长耳鸮面盘清晰，面庞中央有个白色的"X"形斑纹，看上去刚正不阿，雕鸮的面盘轮廓柔和，机灵之外，一些俏皮。

年少时候，冬日农闲，会跟母亲到外婆家去住几日。外婆家在一面高大的陡崖下，那个村子几乎所有人家都挨着陡崖建造房屋。如果雨天滑坡，或者陡崖突然倾覆会怎样，那时的我从无这种忧虑。夜晚，我们挤在一面土炕上，闲话之后，大人们很快睡去。炕总是烧得太热，又铺了厚厚一层褥子，尽管是无心的孩子，有时也难以入眠。雕鸮便会在那时幽幽地叫。我自然不知道那是一只鸟在叫，那怎么可能是一只小小鸟呢。那是天神在叹息，是魔兽从洞穴传出的呻吟，是幽灵在步步逼近，是树怪河妖在长啸。那声音同时携带呼呼风声，夜晚的冰冷，以及一切遥不可及。它确实不像从附近哪个地方发出，它来自远方，穿透黑铁的云层，越过重重山峦，最终抵达我的耳际。

白天，偶尔跑到陡崖下面察看。显然那是一道人工挖凿而成的崖，高可数丈，小鸟小虫将其据为己有，凿洞筑巢，进进出出。靠近崖底，有大人可以出入的山洞，陡崖顶端，又是数个大洞，竭力望去，黑魆魆，似有许多窥探的目光自那里射出。

去外婆家要走十几里路，我们步行，又逢寒冬，总是受凉感冒。恶心，吃不下饭，外婆便熬白米粥给我喝。白天喝米粥，夜晚听雕鸮啼叫，多年后还能清晰回忆起来的外婆家，似乎只有这两件事。

初中后，家搬到县城一所农校。校园有大片云杉和青杨，据说这些树木栽植于二十世纪三四十年代。树长得郁郁葱葱，枝杈浓密，云杉原本有些深黛，便是白日天气晴好，走在树下，依旧森森可怖。学生少，很多时候，大部分教室空置。那些教室因为修建时间早，已经破败，一些窗户成为长风横贯的黑洞。生有苔藓的红砖小路通向教室，又绕到树林中去，有时拐来拐去，竟有林深不知处的错觉。有一次，在小路上走，松塔自头顶掉下。没有风，松塔怎会自己掉下？抬头搜寻，一眼撞见两只橙黄色光盘样的大眼睛，唬人一跳。原来是雕鸮，黑色耳羽簇向左右两面竖起，褐色与黑色相杂的羽毛，弯曲尖利的嘴巴，看上去威风凛凛。雕鸮或许看不清我，但它确实正在注视我，当它眨动眼睛，白色幕布似的瞬膜自上而下拉过。我不敢与之长时间对视，怕它吐出食丸将我击打，匆匆打量一番，扭头逃走。

在那所学校住了四五年，寂静异常的夜晚，怎么从没听见雕鸮啼叫呢？

网上搜一段雕鸮警告的声音来听，特别像一个巫婆在坏笑。还搜出一段声音，旁注雕鸮唱歌，哼哼声之后，是各种学猫叫。

我喜欢所有像猫的动物。一次，我在微博里说，想养一只猫头鹰，又一次，说，想养一只大尾巴的雪豹。还有一次，有人说，上辈子我肯定是一只来往在山林的低等动物，我说，那肯定，不是雪豹就是猫头鹰。

多年后的一天，去一位朋友的办公室，看到档案柜顶上蹲一只雕鸮标本。无辜的眼睛依旧神采奕奕，尖锐而下弯的嘴，桃形面盘，柔软丰厚的羽毛，威风一如往日。想伸手触摸，无奈档案柜太高。坐在沙发上说话，心里想的，眼睛余光扫着的，全是那只被做成标本的雕鸮。

朋友说，猫头鹰不吉利，不敢将标本拿回家。

史前文化中，鸮曾也是一种神鸟。玉雕鸱鸮，陶鸮面，鸮面陶罐，来自红山文化、仰韶文化、马家窑文化……殷商时期，鸮还在被崇拜，妇好墓中曾出土一尊青铜鸮尊。好端端地，何故鸮的神圣地位被凤凰取代，最终沦落成一只“鸱鸮鸱鸮，既取我子，无毁我室”的恶鸟呢？

雉鸡

2018年11月19日

行走高原野外，最常见的，是一种头顶、胸部、腹部皆为暗绿，背部棕红，两肋棕黄而具黑色横斑的雉鸡，这种雉鸡没有白色眉纹，没有白色环颈，叫它们环颈雉，并不恰当，但它们确实是环颈雉的一个甘肃亚种，也是留存在记忆中多年的鸟。

“大雪开始覆盖，高山上的雉鸡便跑到平原来觅食。雄雉鸡衣着绚丽，带耳羽簇，抹鲜红眼影，能与电影《紫色》里女主角西莉打扮一新，揭帘子而出时的惊艳媲美。雌雉鸡沉默温良，衣着素雅。雄性的鸟儿总是华美，雌性的鸟，却始终是篱边捡柴的模样。

“我曾看见有人将一些蓝中带绿，绿中带黄，黄中带红，红中带紫的雉鸡羽毛插在玻璃瓶中，做清供。又将雄雉鸡制成标本，架在墙壁上，来玩赏。一束光跃动在海面上，美丽的，是海面，还是光？如果美丽的光果真源自观者，如同华兹华斯所说的那样，那些人为什么不将自己做清供？

“雉鸡在灌丛中穿行，受了惊，‘嘎’一声叫起来，连飞带跳，扑棱棱从灌丛这边蹿到另一边去，那样子，仿佛德彪西的那支爵士钢琴小品。

“我在灌丛穿行，遇见雉鸡窝。雉鸡筑巢太潦草，似草书又带写意：地面刨出碗大一浅坑，垫些羽毛杂草，雉鸡卧在上面，用肚腹压瓷实。窝里只有三枚蛋，比鸡蛋还小，灰白色蛋皮上洒几粒黑斑点，像极了姑娘脸上的雀斑。蛋在手掌心，盈盈一握。留两枚，我拣一枚，带回准备让母鸡孵出来。”

这是我曾经回忆过的雉鸡，其实，我始终没有写下来的事情是，那时的冬季，当雉鸡因为食物问题而靠近村庄，村民们便用各种办法将其捕获，拿来吃掉。我曾记得某个冬季，山野一片莹白，我在结冰的河道上玩，一位邻居自山上下来，手中拎一只雉鸡，那是羽色绚丽的雄雉鸡。雉鸡虽然死去，它的羽毛依旧泛出五彩光泽。我跟在那人身边，伸手触摸那丝缎一般的光洁羽毛，试图得到一两枚尾羽。当然，最终我还是没有得到任何一枚羽毛，当那人走远，我站在原地，那雉鸡的羽毛还在冬日单薄的阳光中闪烁异彩。

即便如此，雉鸡还是居住在靠近村庄的田野，生生不息，甚至到村庄里来，仿佛走亲戚。雉鸡到底是不记仇的鸟类。它们隐身田畴林带，看人类在不远处劳作行走，它们依旧对人类心存幻想，只有当人类靠近，它们才会瞬间警醒。所以雉鸡永远都是突然从眼前的灌丛或田地起飞，咋咋呼呼，摇摇晃晃，到另一边的灌丛或田地中去，它们以抛物线的方式飞行，距离始终不超过一百米。

小雪前，在一个名叫大庄的村子里，我见到环颈雉的另一亚种。它的胸部、腹部和尾羽都为紫色，那是一种并不深浓的紫，仿佛油彩浮在水面，轻盈流动，似乎一个波纹之后，另一种色彩会将其替代。它昂胸挺首，尾巴格外修长，这使它的身形匀称优美。起初它站在一棵叶子落尽的青杨树枝上，积雪和午后的阳光映照着它，使它周身泛出紫色光芒。我从没见过雉鸡站在这样高的树枝上，想着是另外的一种鸟，但高原上再没有如此绚丽，尾巴带仙气的鸟，我甚至想：凤凰栖在梧桐上。

它很快飞下来，落到树旁长满衰草的崖畔去。它或许在那树枝上站了许久，眺望什么，但我没能尽早见。此前的一小段时间内，我坐在暖气烘烘的屋子里说笑，窗外是白雪覆盖的农家菜园，几棵青杨静默在菜园里，紧邻菜园的是一截并不陡峭的土崖。我觉得这样清阔的地方一定有清阔的鸟，于是频频扭头。一只灰头绿啄木鸟曾在树干上停留了片刻，两只白色眉纹飞起的褐岩鹨站在枝子上唱了一会儿歌，一只虎斑小猫踩着积雪悄无声息地走到枯草丛中去。

我必得再次见到它。于是当我出门站在冷风中时，便见到三只雌雉鸡在崖畔的草丛内。它们无所事事，如同这个冬天的农妇聚在一起，晒着阳光，家长里短的话肯定在说，只是我听不见。它们的羽色过于朴素，这使我觉得它们有些亏待辛劳一生的自己。离它们不远，两只雄雉鸡在梳理它们的华美羽毛。

世界如此甚好。雪落在一切可以落的地方，树木赌气一般将叶子扔光，云来不来，天空还是原样，风发出清冷声响，溪水在冰层下流向远方……然而那一只雄雉鸡忽然飞起，仿佛一枚箭镞，有目标地，笔直地，向着河那边的灌丛飞去。那应该有二三百米远，它没有惊慌失措地啼叫，没有吃力而笨拙地拍打翅膀，它像一只真正的飞鸟，轻盈地，穿过疏朗的杨树林，一直飞去。

它在那一时的飞翔彻底颠覆了我对雉鸡飞翔能力的偏见。

戴菊

2018年11月23日

若单从名字判断，戴胜和戴菊似乎是一对兄妹：没有显赫家世，不曾衣锦而行，也不曾受过诗礼人家的礼法束缚，他们更像出自贫门，自小父母双亡，相依为命。哥哥耿直健壮，妹妹聪慧娇俏，他们勤勉度日，与邻为友。然而作为鸟，它俩并没有多少关系，戴胜来自戴胜目戴胜科，戴菊出自雀形目戴菊科。戴胜在贾岛笔下是“星点花冠道士衣，紫阳宫女化身飞。能传上界春消息，若到蓬山莫放归”，戴菊在诗歌中似乎一直默无声息。

戴菊不仅不被世人所熟知，更糟糕的是，戴菊甚至被认为是莺科的一种，人们曾一度将其称呼为戴菊莺，多么尴尬。然而这也不能责备人类，怪只怪戴菊它自己。小小一只鸟，你可以随心所欲，长什么样都行，哪怕少一只眼，多一条腿，都将是独特的你自己，偏偏要长成柳莺的娇小模样。不仅外貌相似，连气质习性都一样，同样的胆汁质，活泼好动，一刻不停，同样喜欢在林冠层来去，喜欢翻寻小昆虫。柳莺种类原本众多，彼此难以区分，戴菊混身其间，似乎要将事情弄得更为复杂。好在戴菊并非冥顽不化，长着长着，突然明白这事情的滑稽，于是在头顶安置一道黄色冠纹，打开时，如同秋天的菊花明艳，总算挣回些面子。

午后上山喂鸟，带些薏米仁，一碗剁碎的胡萝卜拌米粒，一把葡萄干。流沙河讲《诗经》，认为芣苡并不是车前草，而是薏米仁。薏米仁有营养，“和平则妇人乐有子矣”，据说女人多吃薏米仁，可多产子女。我自然过了年龄，薏米仁吃得再多，不过多除些湿气而已，如果鸟儿吃了多产蛋，岂不是好事一桩。

小雪后的山林，愈加清瘦，除去云杉和几株雪松，已经没有什么树还挂着叶子。路径的背阴处，荒草被积雪覆盖。过去的三个季节，这些草葳蕤繁茂，掩藏不为人知的秘密，现在，它们揭去所有遮蔽，将自己的内部袒露出来，毫无隐私可谈。午后的阳光尚好，人只要还在阳光中逗留，冬日的温暖便能遍布全身，然而一旦走进某处阴影，寒凉便会侵骨。许久不见的灰头鹎突然又出现在树枝上，让人有些糊涂，我以为它们早已飞去南方，或者稍微靠南的地方。正仰头探看它们，迷蒙光线中，一只小鸟自林中俯冲过来，接近我的头顶时，又直升机那样将机头抬高，然后飞进路旁的云杉树中去。

那株行人来去都会经过的云杉树新栽不久，矮小，枝杈稀疏，一丛甘青铁线莲缠绕着它。铁线莲旧年的长花丝并没被风吹走，它们倔强在茎蔓上，仿佛白色花朵还在盛开，阳光自花丝上穿过，洒下束束耀眼光芒。靠近两步，云杉的枝子几乎戳到鼻尖。小鸟从一枝跃到另一枝，在每一枝上停留的时间不超过十秒，异乎寻常地忙碌，似乎有许多事情需要处理。我换不同的角度看，又拿出望远镜对着它，它都不理我，仿佛我就是个虚无。胆子真大。

自然是一只戴菊，绒球一样的身子，比一只乒乓球大不了多少，握在手中，应该是绵软轻盈的一团，黑亮的眼睛，黑而纤细的小嘴巴，圆脸庞……这些都是可爱的标志。它身上醒目的，是橄榄绿体背上的两道白色翼斑，以及头顶那柠檬黄的细冠纹和两道黑色侧冠纹。不远处的云杉上，应该有另一只，只是看不见，它的声音自那里传出，稍高而纤细。

我站在树旁，将其端详良久。它始终没有看我一眼，仿佛一个嬉戏的孩童，沉浸于游戏，忘却身边所有。

戴菊其实是古老的一种鸟。说它在始新世就已出现，漫长的时间之后，它的近缘类群都已灭绝。它孤单地存在，举目无亲，尽管听上去，或者看上去，它似乎都有亲属。然而你根本看不出它有千万年的忧患，如同此刻，时间在此期间似乎从未流动，或者此刻便是那万年之前：天气已由燠热变得寒凉，大片伸展的棕榈植物逐渐向南方退缩，取而代之的，是落叶林覆盖了北方大地，巨蛇在林中爬行，灵长类依旧繁衍生息，一些啮齿类动物正在苔原上漫游，远处，海水起伏，海龟从水中游出，爬到沙滩上产卵，天空寥廓，鸟类翔集，在那些更接近北方的高地针叶林中，戴菊们寻找吃食，或者在针叶间玩闹，当它们偶尔受惊，便将羽冠打开。那是万年前的菊花朵朵，直至今日，始终不曾凋落。

褐岩鹨

2018年12月6日

当我知道麻雀的寿命一般只有两年时，便不再去探究其他鸟的寿命。以前曾听牧人说，山中的兀鹫可以活几十年，我觉得它不过是个鸟中特例。特例太少，不足以代表全部，大多数的鸟，想必依旧是这时空里匆促的旅客，甚至来不及儿孙满堂。有一次，给某份报纸写点新年寄语，我说鸟们一年一度青春，它们的一年便是我们的一生，它们因而能够生生世世。其实怎么能够，我这样写，不过仅仅是某种渺茫的希望。

褐岩鹨有一对又粗又长的白眉纹，从嘴基一直上扬到后枕，一眼看去，让人想到南极老人。寿星长头大耳短身躯，一手持杖，一手捧仙桃，让人难忘的是那长长的白色眉须。不过褐岩鹨的白眉纹要比寿星的眉毛更仙气，更帅气，更英气。有如此飘逸的白眉纹，想必褐岩鹨也是一种长寿的鸟，起码要比麻雀长寿，不会今年来，明年就离去，仿佛与这世间结了仇。

褐岩鹨是一种高山鸟，喜欢生活在海拔两千五百米以上的地带。生活在高原上的鸟，却不像生活在高原上的人那样粗犷，这让人奇怪，当然兀鹫之类除外。有一次，我在广州黄埔区的科学城见到几只白鹡鸰，在水面波浪般飞，眼花时，误以为是几朵墨线勾勒的清荷。修长的白鹡鸰绝对是南方的鸟，但在高原，它们也涉水而行。高原的人叫它“花石头”，石头再玲珑，终归有硬度，这是高原的性格。

既然褐岩鹨是高原上的鸟，常见才对，然而记忆中始终不见它们踪影。记忆会自动屏蔽某种事物吗，像体内的白细胞见到病菌就撕咬那样？若不是，那么褐岩鹨即便是高山鸟，也只生活在高原的某一局部，像雪莲只绽放在雪线以上。不会如风刮过原野，不会如雪覆盖群山，这使褐岩鹨有点像嵇康。

我见到那两只褐岩鹨时，冰雪如多年前那样覆盖村庄，河水同样漫开，结出同样的冰，河滩地的灌丛和树木依旧如多年前那样，细茎枯草成为散兵游骑，天空为了反衬大地而依旧湛蓝。首先是褐岩鹨的白色眉纹吸引我——白色眉纹于褐岩鹨，一如“多年以后，面对行刑队，奥雷里亚诺·布恩迪亚上校将会回想起父亲带他去见识冰块的那个遥远的下午”于《百年孤独》。我于是驻足，看它在冰原之中的一小片枯草乱石中翻寻食物——它即便寻找其他东西，我也会认为它在寻找食物。那不过短短一个瞬间，我便明白记忆中找不到它们的原因：除去白色眉纹，一眼看去，它跟一只麻雀没有多少区别。

过去的时日，我忙着成长，忙着熟悉，忙着与这世界有所交集，哪里还有空隙去关注一只鸟的眉纹。好在为时尚不晚，这几年我终于能从世界的黏稠中剥离一点出来，静下来，终于能看到一只鸟与另一只鸟的不同，能看到初春的云和深冬的云的不同。我眼前的褐岩鹨并不像麻雀那般，还要吃东西，还要警惕人，结果也没吃好，也没讨好人，它站在它的领地上，如同没明白我是人那样，低下头去，关注着它的土地。

那只站在青杨树枝头鸣叫的褐岩鹨，它的眉纹在荒寒的冬季异常醒目，它小胸脯高挺，头上仰，眼睛望着天空。那神态无不表明，它正在给天空唱一支歌。

一只鸟一生所唱的歌，会有多少？它们是一直重复一首歌，还是日日谱新曲，却没人记录。

高山旋木雀

2019年12月8日

时间还早，太阳却要准备下山，这是冬天的情形，仿佛温度的不断降低督促所有事物都得早早入睡。早睡早起是好习惯，山林随之幽暗。大群树麻雀在我前面起起落落，我无意惊扰。它们是这大地上的顽童，想怎样嬉闹，就能怎样。我的目的地是那片开阔的杨树林。连着几天，我在那里遇到旋木雀，它们将自己当成啄木鸟，用尾巴支撑在树干上，旋转着向树顶攀登。我现在想进一步明白，这小小鸣禽，除了模仿啄木鸟之外，还有没有保持点自己的风骨。

麻雀群始终与我保持不远不近的距离，看上去，似乎是它们在引领我前行。冬季，因为雨水减少，或者是它们刚换了冬羽，麻雀们身上洗刷一新，花纹也格外清晰，那个大花脸，黑处黑，白处白，白处似傅粉，黑处像上漆。关于鸟类的博物知识，我并不想了解多少。我宁愿以无知的姿态想象它们，仿佛小时候，站在空旷的夜晚，对漫天星辰充满遐想。科学是一把利爪，会抓出事物的本来样子，而我宁愿想象那一层朦胧青纱下的模糊面容。

前几次见到旋木雀，它都和一只小斑啄木鸟在一起。当然它们并不在一棵树上，它们始终保持距离，你找你的虫子，我啄我的树皮。我因此得出窍门，只要看到小斑啄木鸟，寻找周边树木，就能见到旋木雀。但今天怎么都不见小斑啄木鸟，这是种不好的预兆，当然，也没见到旋木雀。一边走，一边搜寻，见到灰头绿啄木鸟。这个啄木鸟里的大个头，此时，居然正扒在一株小小的灌木上找食物。这让我觉得不好意思，更不好意思的是，几秒钟之后，它跳到树下灌丛，像一只山噪鹛那样，扒拉枯叶。

冬天的残酷在于，它让一只啄木鸟仿佛山噪鹛那样沦落到地面，仿佛喜鹊那样蹦跳在枯叶和泥土中，要知道，啄木鸟是一生都在向上仰望的鸟。它的自信与乐观，视风云为梦幻，它的眼神犀利，姿态凛然，它在云杉和雪松的高处，即便它扭头，将它的长嘴巴上扬，也如将军那样，天下林木不过是它麾下小小兵卒。然而现在，它竟然如此潦倒，困顿不堪。我停下脚步，注视它，仿佛注视一个沦为乞丐的朋友，并为此难过。但袭来的寒气并不因为啄木鸟的恓惶而减少，太阳早从杨树枝柯的顶端滑下，它是一枚发光的大鸟巢，将在夜色中丢失，而风没有一点踪迹，雪已遁向远方。我将帽子拉得更低，将衣服裹得更紧，还是冷。

很多时候，旋木雀有点像啄木鸟的粉丝。那天，当旋木雀扒在杨树树干上，用细长而弯曲的喙敲树皮时，我甚至有些担忧。那是一款只适宜在松软泥土中轻轻啄食的喙，或者蜂鸟那样吸食花蜜的喙，但是现在，它举起它纤细的工具，似乎觉得它多么孔武有力，它用高频率叩击树皮。我惧怕听到骨头折断的脆裂声响，那将比折翼更为难堪，我怕它以后只能望着食物感叹，并以此经年。然而没有。它敲打一阵树皮后，很秀气地，张开嘴，它肯定吃到了它喜欢的食物。我从没见过啄木鸟怎样将虫子送进大嘴巴，但是旋木雀，它打开它的喙，仰起它的头，微微一颠，仿佛要剪下头顶一线清寒的天。

原来它还是它。

那片杨树林肯定经历过沧桑，有几株已经死去，树皮剥落，枝柯如同利刃。那些仍旧健在的，在冬日，也如故去一般。走几圈，依旧不见旋木雀，倒听得嘴巴敲击树木的声音，那是一只大斑啄木鸟。很明显，它已经与一棵粗大的杨树较起了劲。它沿着树干，锄地一般，将一块块树皮啄下来，树干上留下的，是大块的橘色图案。我捡起一块树皮，发现指甲根本掐不动它。

读一篇文章，写旋木雀的阴谋诡计，说它跟踪啄木鸟，是想出其不意抢走它的食物。我见它和小斑啄木鸟出入时，异性的兄弟那样，从没看出它居心叵测。想想也是，那样小的一只鸟，小到比乒乓球大不了多少，能藏一颗多大的机心。

黄腰拟蜡嘴雀

2018年12月10日

前天，我看到一只橘色流浪猫试图偷袭山噪鹛，却被山噪鹛群起而攻之。那时我原本要下山，山洼一侧云杉林中的山噪鹛突然大呼小叫。山噪鹛的声音我已听得足够多，唱歌呢喃或者扼腕叹息，大致都能分得清楚，现在它们爆出粗嗓门，声音尖利语气急促含义繁复，一听便知是在警告和斥责，并有着打斗一番快意恩仇的决心。肯定有大事发生，我想，因为整座山林都已紧张，仿佛每一根树枝都是一根紧绷的弦，一些看不清眉目的小鸟乱纷纷自弦间飞走。快走几步，登上陡坡，从高处查看，果然看见那只橘色流浪猫从云杉林中跑出，一些偷鸡不成蚀把米的狼狈，身后十几只山噪鹛自云杉枝子上追来，边追边嚷，群情激愤。

今日上山，继续带了薏米仁，临出门，又剁半个甘蓝，抓一些葡萄干。甘蓝拌薏米，再嚼几粒葡萄干，是鸟们不错的午餐。经过那片云杉林，放慢脚步，谛听有无山噪鹛活动。果真听得枯叶发出簌簌声，探头去看，居然是两只黄腰拟蜡嘴雀。

黄腰拟蜡嘴雀，又名白斑翅拟蜡嘴雀，我从未奢望过要见到它，尽管我知道它始终出入于喜马拉雅山脉及中国西部地区，但就它这个名字的拗口程度，我觉得在野外遇见它的概率会为零。可是现在，它俩魔术一般站在我眼前。怕它们一拍翅膀飞掉，或者躲进乱柯之中，我原地僵立一会儿。它俩视而不见，继续低头扒拉枯叶。以鸟的机警程度而言，我确信它们已知道我在将其窥视，但它们没有理睬。不理睬是一种高傲的待人法，如若是一个人，我早转身离去，然而两只鸟——在鸟面前，人的尊严不如一株草。我于是微笑着放下食物袋，拿出望远镜，其间我还故意咳一声，挪几步，找一个好的角度，我要相对象那样将它们仔细探究。

它们有毛茸茸的大脑袋。大脑袋给人的感觉不一定萌，有时是痴和憨，而且这种憨不一定真憨，“氓之蚩蚩，抱布贸丝，匪来贸丝，来即我谋”，就是如此，大脑袋全是计谋，绝不会浪费在无用的事情上。它们在那里低头觅食，看上去对眼下浑然不觉，仿佛现实与它之间隔着一层透明薄膜。然而那大脑袋，以及大脑袋上镶嵌的黑眼睛，时刻给人一种成竹在胸的老成持重，仿佛沧海早已见惯。它们还有一个宽厚如同城墙的嘴巴，深灰色，嘴巴基部，裹一圈粉红，仿佛在粉色嘴巴之外，又套了个铁青的假嘴巴。那嘴巴几乎从脑门上长出，无须听它出声，就知鼻音一定很重。嘴巴厚，无非表明它可以将嘴巴当磨盘碾种子，然而这些粗重还不够，它脖颈两侧灰色带一点雪花白的羽毛，又张飞的虎须那样撑开来，使得脖颈更加粗大……如此细究，尽管我知道有一只是雌鸟，却全是壮汉模样。

然而我还是喜欢。喜欢它们头背部羽毛的高级灰，喜欢它们腹部一抹柳芽的嫩黄，喜欢它们翅膀上积雪的一点白，喜欢它们麻雀般蹦来跳去的灵巧加笨拙，喜欢它们沙哑且鼻音浓重的粗声大气，喜欢它们眼睛深藏黑却比黑明亮。

雌鸟正衔一枚种子研磨。那是一枚黑豆大的种子，种子在它嘴里，带着市侩的油滑与狡黠。它也不服输，它带着谈判的耐心挤压它，消磨它，损耗它……然而那种子就是不屈服。那株结种子的灌木就在我身旁，摘一枚下来，揉搓，浑圆、坚硬，外壳都没有，一枚种子就是一个核。没有叶子，判断不出是什么树。夏天的时候，它是花，谁能预知一朵花在冬天就是一颗掐不破压不碎的核？

打开食物袋，抓一把薏米仁撒在它俩身边，说，来，吃好的。

它俩不领情，显得特别自尊。嗟来之食，我似乎听到它俩的嫌弃，它俩甚至远离我撒出去的那些食物，安能摧眉折腰事权贵……一只钻到云杉的幽深中去，一只直接冲向我。匆忙一躲闪，发现它早已站定在我眼前的树枝上。一伸手就能握住的树枝，能看清每一根羽毛反射的光，它的黄腰，黑胸，飞羽上的白。它安静地站在那里，像一个观鸟者将我查看。如此大胆。

珠颈斑鸠

2019年12月15日

这一天跟任何一个往日相似，如同它们的复制，没有特别之处。一场感冒始终不好，这使冬日长如一生。要给朋友寄书，决定绕一圈，到广场附近的快递公司，顺便看看入冬时打了花苞的香荚蒾。我原本对那些花苞没抱多少希望，因为高原的严寒绝不怜香惜玉。果然，香荚蒾的花苞已经干枯，如同一个个婴儿被冻结在枝头，那些曾经的粉嫩，也已凝固，遇水再无法晕开。冬天是一把寒光四射的剪刀，咔嚓一声，剪断季节的根茎，人们只能在沉寂中盼望春天绝处逢生。

一对大山雀躲在旱柳枝上鸣叫，单听它们的声音，感觉冬天没什么不好。它们原本是普通的贫贱夫妻，贵易交富易妻的事情肯定没机会去做，漫漫冬日，只能裹紧羽衣，将重复了半生的琐事继续。那片地锦、槐树、花灌木和云杉组成的杂木林里，沉默的山噪鹛依旧在落叶中翻寻。它们是不是我在春天遇见的那几只？如果我是一只山噪鹛，这样简单的问题不必赘问。有一只似乎身体不舒服，蹲在冰冷地面长时间不动。我朝它打口哨，挥动手臂，制造出些骚乱，它只扭头一看，仍旧继续。它会不会像一些耄耋老人，扛不过冬季的寒冷而悄然去世？如此担忧，还是黯然走开。对于大自然安排的许多事情，只能听天由命。

出门时犹豫一番，还是拿了半袋新鲜芡实。半袋我用桂花煮了做早饭。桂花煮芡实，是南方金秋的味道，常驻高原的鸟，无缘得尝。沿杂木林前行，趁人不备，将芡实撒进乱草丛中。山噪鹛嘴巴粗粗大大，不至于被芡实噎着，再说芡实也容易磨碎。一边撒，一边前行，没走几步，遇见一只珠颈斑鸠站在眼前。

所有的野生斑鸠，后颈都有项圈一般的颈轮。灰斑鸠的黑色颈轮镶一道白细边，这使颈轮格外分明。山斑鸠的颈轮仿佛用黑白两色的细绳拧成，颇为现代。欧斑鸠黑色颈轮上布满银白色新月状斑点，是朦胧诗的味道。火斑鸠也是高原上的鸟，身形小，一身葡萄红大衣，除了脑袋还带点鸽灰色，就只有颈后那粗放的黑色颈轮表明它还是一只斑鸠。珠颈斑鸠，顾名思义，它宽阔的黑色颈轮布满白色斑点，仿佛用粒粒珍珠串成。还有一种白斑鸠，患了白化病的斑鸠，它经常出现在魔术师手中：那只在舞台上被抛出去又飞回，或者手一挥，魔术师从衣袖中拿出的所谓魔术鸽，其实是一种白斑鸠。

如果让患有密集恐惧症的人欣赏珠颈斑鸠的项圈，肯定不舒服：颈后仿佛开了一个半圆的黑洞，无数白色小虫子蠕动在那里。不过珠颈斑鸠对此不在意，它生来就是一只不同凡响的鸟：鸽灰色脑袋，深褐色飞羽勾浅褐色边，粉红色胸腹，红色的大脚……一眼看去，就是一只喜欢繁杂，喜欢混搭的鸟。

然而我眼前的这只珠颈斑鸠要含蓄很多。它的串珠项圈不很粗壮，它的飞羽不像缀满扇贝，它胸腹的粉，更接近灰，它的脚，也没有红得过分。它是一只在尘埃中滚打摸爬过的斑鸠，深知痛楚与酸辛。当然，它对我充满好奇，这番好奇，更多的应该是警惕，然而它并没有让警惕表现出来。它只是歪着脑袋，充满疑问地将我打量。

是谁曾经说过，斑鸠们一身戏骨，它表面上年轻单纯，一根筋，涉世不深，却常常让你露出蠢样，让你上当受骗还只能哑巴吃黄连。

我原地站立，以同样的警惕将它探察。然而它还是傻傻地看我，眼睛都不眨，仿佛它本来就傻。除去山泉一般的幽深，我无法从它的眼睛中看到更多。能看到什么呢，它不过是只小鸟。相比它，我的眼睛里肯定有更多东西，荆棘莽榛，杂乱横陈。我想我还是离开为妙。

此时，一只暗绿柳莺飞到槐树上。

十二月十五，我之所以记住这一天，不仅仅是因为一只珠颈斑鸠用眼神将我击退，还因为我近距离遇见了一只暗绿柳莺。也许你永远无法理解那份喜悦，但那有什么关系。我们的喜悦本来很少有交集的时候，不论是歌舞升平的岁暮还是草长莺飞的早春。前三个季节，我曾花费许多时间在密林中将它寻觅，此时，它像一件精美礼物，突然呈现在我眼前。我只要一伸手，就能摸到它的脑门。我太想如此摸一摸它，还想摸摸它的长眉纹，和它握握爪，将它捧在手心，找露水给它喝。然而我还是将手插在衣兜里，我必须按捺住自己，它如此钟灵毓秀，我断不能鲁莽愚笨。

在一尺开外，它蜜蜂那样扇翅膀，用一枚针那样纤细的嘴巴啄枝条上已经干枯的芽苞。它在枝头，仿佛一枚被风拂动的绿叶，或者，仿佛一个孩童，抱着枝条荡秋千。

仿佛我女儿两三岁时的娇俏，听到音乐就起舞，见到人，就叔叔阿姨地叫，就露出小牙齿，就笑。

图书在版编目（CIP）数据

山鸟暮过庭 / 李万华 著 . — 北京 : 东方出版社 ,2021.6
ISBN 978-7-5207-2043-4

Ⅰ.①山… Ⅱ.①李… Ⅲ.①散文集－中国－当代 Ⅳ.① I267

中国版本图书馆 CIP 数据核字 (2021) 第 085084 号

山鸟暮过庭
（SHANNIAO MU GUOTING）

作　　者：李万华
策　　划：张德军
责任编辑：江丹丹
出　　版：东方出版社
发　　行：人民东方出版传媒有限公司
地　　址：北京市西城区北三环中路 6 号
邮　　编：100120
印　　刷：北京雅昌艺术印刷有限公司
版　　次：2021 年 6 月第 1 版
印　　次：2021 年 10 月第 2 次印刷
开　　本：787 毫米 ×1092 毫米　1/32
印　　张：12.75
字　　数：185 千字
书　　号：ISBN 978-7-5207-2043-4
定　　价：79.00 元
发行电话：（010）85924663　85924644　85924641